SCHNEEGEFLÜSTER

WINTERLICHE GESCHICHTEN
FÜR LANGE LESEABENDE

Herausgegeben von
Miriam Kunz

K
A
M
P
A

Für den Blick hinter die Verlagskulissen:
www.kampaverlag.ch/newsletter

KAMPA POCKET
DIE ERSTE KLIMANEUTRALE TASCHENBUCHREIHE
Gedruckt auf säurefreiem und chlorfrei gebleichtem Papier zur Unterstützung verantwortungsvoller Waldnutzung, zertifiziert durch das Forest Stewardship Council. Der Umschlag enthält kein Plastik. Kampa Pockets werden klimaneutral gedruckt, kampaverlag.ch/nachhaltig informiert über das unterstützte CO_2-Kompensationsprojekt.

Veröffentlicht im November 2025 als Kampa Pocket

Hegibachstrasse 2, CH-8032 Zürich
info@kampaverlag.ch
GPSR-Kontakt: Schöffling & Co. Verlagsbuchhandlung GmbH,
Kaiserstraße 79, D-60329 Frankfurt am Main
info@schoeffling.de

Covergestaltung und Satz: Lara Flues, Kampa Verlag
Covermotiv: © Nikolaus Heidelbach
Gesetzt aus der Stempel Garamond LT / 1. Auflage 2025
Druck und Bindung: GGP Media GmbH, Pößneck
ISBN 978 3 311 15126 5

www.kampaverlag.ch

Inhalt

Judith Hermann

Bali-Frau

Der Winter erinnert mich manchmal an etwas. An eine Stimmung, die ich einmal hatte, an eine Lust, die ich empfand? Ich weiß es nicht genau. Es ist kalt. Es riecht nach Rauch. Nach Schnee. Ich drehe mich um und lausche auf etwas, das ich nicht hören kann, ein Wort liegt mir auf der Zunge, ich kann es nicht sagen. Eine Unruhe, weißt du? Du weißt. Aber du würdest sagen, alles, was namenlos ist, soll man nicht benennen.

Christiane jedenfalls hat an diesem Abend, an dem du nicht mitkommen wolltest, vor mir getanzt. Sie drehte das Radio auf und tanzte zu »Never known a girl like you before«, Cheerleader-Gesicht, offenes rotes Haar, sie lachte, sie sah sehr schön aus. Markus Werner trug den Pelzmantel seiner Großmutter und Abwaschhandschuhe aus rosafarbenem Plastik, der Pelz war räudig. »Du bist so albern«, sagte Christiane, und Markus Werner schob das Kokain auf dem Taschenspiegel zu kleinen Straßen zusammen, sah ihr nicht zu. Ich war nicht müde. Ich saß, an ihn gelehnt, auf dem Sofa, sein Pelz war nass vom Schnee und roch komisch, ich sah Christiane zu, wie sie sich ihren Mund mit pflaumenfarbenem Lippenstift ausfüllte, ihr Mund war so groß und der Lippenstift spitz wie eine Feder. Markus Werner blickte von seinem Taschenspiegel auf und sah nirgendwohin.

Wo warst du? Ich hatte dich angerufen, du hast vor dem Fernseher gesessen und gesagt, du hättest die falschen Drogen genommen, du klangst müde und gereizt und wolltest nicht mitkommen. Ich sagte: »Christiane hat sich verliebt«, du sagtest: »Das ist nichts Neues«, dann schwiegen wir, ich konnte die kleinen Stimmen aus dem Fernseher hören, Kriegsgeräusche, Fliegeralarm; ich wusste, dass es kalt war in deinem Zimmer, an den Fenstern Eisblumen. Du hast aufgelegt.

Die Stimme von Edwyn Collins klang brüchig, ich rauchte drei Zigaretten hintereinander. »Wer ist es diesmal«, sagte Markus Werner beiläufig, seine Plastikhandschuhe machten ein klebriges Geräusch. »Ach halt die Klappe«, sagte Christiane und sah sich im großen Spiegel von der Seite an, Hand in die Hüfte gestützt, Blick von unten, sie hatte kleine blaue Schatten unter den Augen, sie sah toll aus, sagte: »Wir werden Spaß haben«, küsste mich auf den Mund. Ich klammerte mich an Markus Werners Arm und flüsterte ihm ins Ohr, Christiane schien mich nicht daran hindern zu wollen, ich flüsterte: »Es ist ein bedeutender Regisseur. Wirklich bedeutend, weißt du? Er ist verheiratet. Wir gehen auf sein Premierenfest, es gibt Essen, Wodka und alles, du, wir werden Spaß haben«, und Christiane lachte und zog mich von ihm weg.

Draußen war es sehr kalt. Ich dachte an dich in deinem Zimmer, auf dem Sessel vor dem Fernseher, ich wusste, du würdest nicht wirklich einen Film sehen, sondern so sitzen, im Halbdunkel, und vor dich hin starren; ich war nicht enttäuscht und nicht beleidigt, ich war ein wenig traurig, ja, vielleicht. Es war wirklich kalt. Es roch nach Schnee, und unsere Stimmen auf der leeren Straße klangen so komisch hohl, dass wir nichts mehr sagten; das Licht der Straßenlaternen war wie festgefroren. Christiane fiel mit ihren Absatzschuhen hin, ich sah Markus Werner an, wir halfen ihr nicht auf. Wir nahmen an der Kreuzung ein Taxi. »Ins Theater«, sagte Christiane, kurbelte das Fenster herunter und drehte das Radio auf. Der Taxifahrer grimassierte und sagte nichts. Vor dem Theater wehten rote Fahnen, und die Türen standen offen, Markus Werner beugte sich vor und sagte: »Dieses Stück, das hier heute Abend gelaufen ist …?«, und Christiane winkte ab. »Worüber willst du mit ihm sprechen, wenn nicht über das Stück?«, sagte Markus Werner und kicherte. Christiane zog mit den Händen sein Gesicht an ihres heran und sagte sehr deutlich: »Ich will überhaupt nicht mit ihm sprechen. Verstehst du?«

Ich habe mich an der Tür noch einmal umgedreht. Ich habe ein letztes Mal gedacht, zurückzugehen und zu dir zu kommen und mich neben dich vor deinen Fernseher zu setzen. Ich hätte den Fernseher ausgemacht, ich hätte dich angeschaut, es hätte ganz einfach sein können. Ich war so unentschlossen und holte tief Luft, und dann lief ich Christiane und Markus Werner hinterher.

Im Sternenfoyer waren lange Tische aufgebaut, es gab unwahrscheinliches Essen und Kühlschränke voll von Wodka und vereisten, kleinen Gläsern, sie hatten eine russische Blaskapelle engagiert und Rotlicht eingeschaltet. »Jetzt«, sagte Christiane und verschwand. Ich holte Brot und Fisch vom Buffet, und Markus Werner steckte Wodkaflaschen und Gläser in seine Manteltaschen, er trug noch immer diese rosafarbenen Plastikhandschuhe, und niemand beachtete ihn. Wir setzten uns auf die Treppe und aßen, ich trank den Wodka in großen Schlucken, und mir wurde warm, Markus Werner saß unruhig und wischte sich ununterbrochen die Nase ab. Ich sagte: »Du kokst zu viel«, und er sagte: »Wo ist er, dieser Regisseur?« Der Regisseur stand an der Bar. Er war groß und dick und verkommen, er rauchte eine Zigarre und trank Whisky, er hatte diesen verlotterten Altmännersex, dem Christiane sich nie entziehen konnte, und er war berühmt. Ich deutete mit dem Finger auf ihn und sagte: »Das ist er«, und Markus Werner brach in hysterisches Gelächter aus und sagte: »Natürlich.« Ich sah den Regisseur an, ich dachte an die zahllosen Regisseure und Dramatiker und Schauspieler und Bühnenbildner, die an Christianes und meinem Küchentisch gesessen, unter unserer Dusche gestanden, in unseren Betten gelegen hatten, ich dachte an ihre Stimmen auf unserem Anrufbeantworter, an ihre nächtlichen Schläge gegen unsere Tür, an die zerschmissenen Gläser und die ungelesenen Briefe; ich dachte, dass immer irgendetwas nicht genug war, auch diesmal würde irgendetwas nicht genug sein, ich dachte an dich, an die Eisblumen, an den Rauchgeruch, ich dachte, auch wir sind nicht genug.

Christiane trat auf. Sie musste noch einmal vor einem Toilettenspiegel gestanden haben, denn sie hatte sich ihr Haar jetzt zu diesem Knoten geschlungen, von dem ich wusste, dass sie ihn irgendwann mit einem Nadelziehen lösen würde, um dann ihr Haar in einer mich müde machenden Welle über ihren Rücken fluten zu lassen. Sie trat am Rand des Sternenfoyers auf, pendelte ein wenig zwischen den Säulen herum, näherte sich der Bar und lief wieder davon, zündete sich eine Zigarette an, blickte um sich mit gesenkten Lidern. Die Band spielte Ween, Buenas Tardes, Amigos. Markus Werner wischte sich die Nase mit den Plastikhandschuhen und die Plastikhandschuhe an seinem Pelz ab und sagte:

»Ein echter Verratssong.« Christiane wippte ein wenig mit dem Kopf, knickte in der Hüfte ein und wiegte sich einen kurzen Moment, dann stieß sie auf die leere Tanzfläche vor, genau in die Mitte, stellte sich auf den großen Stern, und der Kronleuchter überschüttete sie mit rotem Licht. Der Regisseur hatte die ganze Zeit blicklos auf die Tanzfläche gestarrt, jetzt wandte er sich ab. Und als er sich ziemlich bald, eigentlich sofort wieder zur Tanzfläche drehte, sah er Christiane an. Und Christiane tanzte, Cheerleader-Gesicht, die Hände in den Hüften, legte den Kopf in den Nacken und schien zu lachen, der Schlitz in ihrem Kleid reichte bis zum Ansatz ihres Hinterns. Markus Werner kicherte ununterbrochen, ich wusste nicht, ob das am Koks lag oder an Christianes Tanz, ich musste lachen und sagte: »Aber sie kann es. Sie kann es einfach.«

Sie tanzte lange. Hob irgendwann die Hand an den Kopf und löste den Knoten, ihr Haar flutete ihren Rücken herab, und Markus Werner barg den Kopf zwischen den Knien und sagte: »Ich halt's nicht aus.« Der Regisseur war ein kleines, verschwommenes, dickes Häufchen Gier. Ich tauchte weg. Ich trank Wodka und starrte in die Lichter des Kronleuchters, mir war ein bisschen schwindlig, und ich dachte an all die Nächte, in denen wir uns zusammen betrunken hatten, du und ich an den Holztischen in den beliebigen Bars, immer war es Winter, war draußen Schnee und wurde es nie hell. An die Sommer erinnere ich mich nicht. Wieso nicht? Ich habe versucht zu verstehen, warum es vorbei ist mit uns, und ich wusste, dass es da nichts zu verstehen gab. Ich habe an dich gedacht, an dein Zimmer, das Blaulicht des Fernsehers, die halb gerauchte Zigarette in deiner linken Hand, ich habe gedacht, dass du all das schon viel länger weißt, du hättest etwas sagen können, was, irgendwas.

Markus Werner stieß mich an und sagte: »Schau dir das an, hey, wo steckst du denn, du musst dir das anschauen«, und ich sah auf die Tanzfläche, da tanzte Christiane noch immer, und mit ihr tanzte eine andere Frau. Die Frau war ganz klein und dünn, sie sah aus wie ein Kind, ein frühreifes Kind, ihre Haut war dunkel, und ihre Haare waren schwarz. Sie trug ein rotes Kleid, und wenn sie sich drehte, konnte man ihren nackten Hintern sehen und ihre Scham. Sie drehte sich unentwegt, und ihre kleinen Hände flatterten wie Vögel um sie herum, sie tanzte barfuß, und ihr Tanz war ganz anders als Christianes Tanz. Christiane geriet aus dem Rhythmus. Sie versuchte, ihr Cheerleader-Gesicht, ihren Hüftschwung, den abgezirkelten Takt ihrer Beine, ihre Kühle gegen die weichen Bewegungen dieser Frau zu setzen, und es gelang ihr nicht. Sie sah zu viel. Die kleine Frau hatte die Augen geschlossen und schien völlig abwesend, die schwarzen Haare verdeckten ihr Gesicht. Markus Werner starrte mit offenem Mund und zündete sich dann eine Zigarette an, wie jemand, der sich konzentrieren muss. Er wandte sich abrupt zu mir um und sagte sehr sachlich: »Wer ist das denn?«, und ich sagte: »Das ist seine Frau. Die Frau des Regisseurs. Sie kommt aus Bali, sie haben auf Bali geheiratet.«

Sie hätte dir gefallen, diese kleine Frau. Sie war so unantastbar, wie du es immer geliebt hast, sie war ganz fern, und man konnte sie betrachten und sich Geschichten über sie ausdenken. Sie sah verletzlich aus und schön, sie hatte ganz winzige Füße, und sie war so unwirklich in diesem Foyer, auf diesen Marmorplatten, unter dem Licht des Kronleuchters. Christiane verließ die Tanzfläche und ging an die Bar. Der Regisseur stellte sich neben sie, er sah seine Frau nicht an, er sah Christiane an, die bestellte ein großes Glas Whisky. Die kleine Frau tanzte weiter, und ich wusste, dass der Stein unter ihren Füßen sehr kalt war. Markus Werner sah mich an und sagte: »Wollen wir uns unterhalten«, ich sagte: »Nein.« Er stand auf und ging weg. Ich trank weiter, für mich. Es wurde sehr spät. Ich konnte den Schnee sehen hinter den großen Scheiben, dicke, sacht fallende Flocken. Irgendwann torkelte Markus Werner zwischen den Säulen herum, er war völlig betrunken und hatte – weiß der Himmel, woher – ein Megaphon in den Händen, er schrie durch das Megaphon immer dasselbe, ich konnte nicht ein Wort verstehen. Ich lehnte meinen Kopf an das Treppengeländer und beobachtete ihn. Ich dachte daran, dass ich ihn noch nie am Tag gesehen hatte, und ich fragte mich, ob ich mehr über ihn wissen wollte, als dass er im Winter diesen Pelzmantel und im Sommer die orangenen Jacken der Müllmänner trug. Er ging drei Mal in der Woche mit mir und Christiane aus, ich mochte ihn, hätte ich je von ihm gesprochen, ich hätte tatsächlich gesagt: »Ein Freund.« Nahm ich ihn ernst? Nahm er mich ernst, wollte er etwas, wenn er sich mit mir unterhalten wollte, worüber denn? Ich erinnerte mich daran, dass er einmal, sehr kindlich, gesagt hatte: »Ich könnte einen Film machen, über uns«, ich hatte gesagt: »Was sollte das für ein Film werden«, er hatte geantwortet: »Ein Film darüber, dass gar nichts ist, dass es nichts mehr gibt, nichts zwischen uns und nichts um uns herum, nur so eine Nacht mit dir und mir und Christiane«, und ich hatte wirklich abfällig gelacht. Ich beobachtete ihn, er war viel zu jung, er war bekokst und besoffen, er brüllte in sein Megaphon, dass ihm die Halsschlagader anschwoll, und die Leute gingen ihm aus dem Weg. Er tat mir leid, und ich dachte, dass ich ihn nie, nie mehr wiedersehen wollte. Ich unterdrückte den Impuls, aufzustehen, zu ihm hinüberzugehen, ihm dieses Megaphon wegzunehmen und ihn zu küssen. Auf dem Stern in der Mitte der Tanzfläche hockte ein Mädchen und schlug immerzu den Kopf auf den Boden, ihre Stirn war blutig, und sie weinte und redete wirres Zeug. Das Buffet war leer. Auf dem roten großen Sofa vögelte eine Schauspielerin mit einem Bühnenarbeiter, der Bühnenarbeiter schwitzte, und auf dem Rücken seines T-Shirts, an dem die Schauspielerin wie verzweifelt riss, war Mike Tyson abgebildet, der Holyfield ins Ohr biss. Die kleine Frau war weg, der Regisseur war weg, Christiane war weg. Es schneite noch immer, und irgendjemand warf Gläser an die Wand, zwei unwirkliche Krüppel in Rollstühlen fuhren über die Tanzfläche und verschwanden hinter den Säulen. Die Schauspielerin zog sich den Rock runter, stolperte auf die kleine Bühne und sagte »Für Baby« in ein übersteuertes Mikrophon hinein, sie sagte: »Für Baby, für Baby«, dann fiel sie hin. Ich schloss die Augen. Ich hörte Markus Werner, ich verstand ihn noch immer nicht. Ich schlief ein. Ich wachte wieder auf, weil Christiane vor mir stand und mich am Arm riss, sie sah noch immer aus wie vor Stunden, wie in der Wohnung, auf der Straße, im Taxi, sie sah so winterlich aus, so kühl, so kalt, ihr Mund frostig und schmal. Sie schüttelte mich und sagte: »Steh auf. Wir müssen los, wir gehen noch wohin, wo ist der Werner, was machst du hier überhaupt«, sie sagte das nicht schnell und fahrig, sondern sehr ruhig und konzentriert. Ich richtete mich auf und hielt sie fest, ich sah ihr in die Augen, ihre Augen waren eisblau. Ich sagte: »Christiane. Wie steht es denn«, und sie sah mich an und sagte: »Beschissen. Es steht beschissen. Aber wir fahren da jetzt trotzdem hin.«

Bist du neidisch? Ein ganz klein wenig? Ein bisschen gespannt und aufgeregt – wohin denn? Wohin gehen die denn jetzt? Du wärst nach Hause gegangen. Nein, du bist nicht neidisch, bist es nie gewesen. Wir suchten Markus Werner und fanden ihn auf der Toilette, er stand vor dem Waschbecken, spülte sich irgendwas von seinen Plastikhandschuhen, und aus einer Kabine klang eine weinerliche Mädchenstimme, die »Was ist denn, warum hörst du denn jetzt auf, ich versteh das alles nicht« sagte. Christiane verzog angewidert das Gesicht, trat die Kabinentür mit dem linken Fuß zu, und Markus Werner drehte sich um und sagte viel zu leise: »Muss das so sein.« – »Sie wartet«, sagte Christiane. »Sie wartet, und wir müssen jetzt los, sofort«, und Markus Werner sah plötzlich hilflos und überfordert aus und sagte bittend: »Wer wartet. Wer wartet denn.« Christiane, schon auf dem Flur, drehte sich gereizt noch einmal um und schrie dann: »Die Bali-Frau. Die Bali-Frau wartet.«

Die Uhr vor dem Theater war auf elf stehen geblieben. Der Schnee lag in einer dicken Schicht auf der Straße, auf den Autos, den Laternen, die Welt war still und dröhnte mir in den Ohren. Die Bali-Frau stand noch immer barfuß, ohne Mantel, im roten Kleid neben einem Taxi und hielt uns die Tür auf. Christiane stieß Markus Werner ins Auto, das Megaphon fiel in den Schnee, sie stieß mich hinterher und stieg dann selber ein. Markus Werner flüsterte: »Deine Augen, kleine Schwester, sprengen mir das Herz«, ich wusste nicht, wessen Augen er meinte, und ich fragte mich kurz, ob es dieser Satz gewesen war, den er den ganzen Abend über durch sein Megaphon geschrien hatte. Die Bali-Frau setzte sich auf den Beifahrersitz, drehte sich um und lächelte uns an. Ich lächelte zurück. Das Taxi fuhr los, ich beugte mich zu Christiane, den Blick aus dem Fenster gerichtet, sagte: »Zu ihm. Oder zu ihr. Wir fahren in ihre Wohnung, er ist schon da, sie will, dass wir jetzt mitkommen.« Ich sagte: »Warum will sie das?«, und Christiane zuckte mit den Schultern, ich sagte: »Warum willst du das?«, und sie sagte: »Das ist doch völlig egal.«

Auf dem Balken über deiner Tür liegt der Schlüssel zu deiner Wohnung. Ich weiß das. Ich könnte mich im dunklen Treppenhaus auf die Zehenspitzen stellen, ihn mit den Fingern ertasten und herunterholen, ins Schloss stecken, leise aufsperren. Ich könnte durch den Flur in dein Zimmer gehen, du hättest den Fernseher jetzt ausgeschaltet und wärst schlafen gegangen, ich könnte neben deinem Bett stehen bleiben, dich betrachten, wie du so schläfst, mich zu dir legen, du würdest nichts merken. Aber dieser Schlüssel liegt da nicht für mich. Das weiß ich auch. Er liegt da für diese eine Person, über die wir nie gesprochen haben, er liegt bereit für sie, wenn sie so weit ist, wird sie sich auf die Zehenspitzen stellen, ihn ertasten, die Tür aufsperren, ihre Koffer neben dein Bett stellen und dich wecken. So ist es doch, nicht wahr? Du wartest. Du kennst sie nicht, diese Person, aber du weißt, sie wird kommen, und darauf wartest du, du sitzt und siehst die Eisblumen und wartest. Ich warte auch.

Die Bali-Frau jedenfalls hatte keinen Schlüssel. Sie hatte für ihre eigene Wohnung keinen Schlüssel, oder sie tat so, als hätte sie keinen. Wir standen vor ihrer Wohnungstür, und sie hielt ihren kleinen, braunen Daumen fest auf die Klingel gedrückt, die Klingel schrillte, Markus Werner lungerte auf dem Treppenabsatz herum, wischte sich die Nase ab und sagte erschöpft: »Ich kann nicht mehr.« Die Bali-Frau drehte sich zu ihm um und lächelte ihn an, sie hatte bisher noch kein einziges Wort gesagt, und ich konnte sehen, dass ihre Vorderzähne bis auf einen kleinen Rest abgeschliffen und ganz gerade waren. Markus Werner lächelte gequält zurück und sagte überdeutlich: »Vielleicht sollten wir besser wieder gehen?«, und dann ging die Tür auf, und im

Dunkel des Flurs standen kleine Kinder. Vier oder fünf winzige Kinder in Schlafanzügen, barfuß, mit zerzausten Haaren. Sie starrten uns an, und wir starrten zurück, die Kinder sahen nach einer grotesken Mischung ihrer Eltern aus, sie hatten die dicke, schwammige Körperlichkeit ihres Vaters, aber ihre Augen waren so dunkel, schmal und eigen wie die ihrer Mutter. Die Bali-Frau trat in dieses Gewimmel aus Schlafanzügen, Stofftieren und weichen Kinderhänden hinein, die Kinder klammerten sich an sie und redeten in einer fremden Sprache auf sie ein. Markus Werner sah Christiane an und sagte: »Hast du das gewusst?«, und Christiane, zum ersten Mal überfordert, sagte: »Nein. Das habe ich nicht gewusst.«

Wir sind im Flur der Wohnung des Regisseurs zwei Mal auf verschiedene Hamster getreten. Die Hamster gaben grässliche Geräusche von sich, und die Bali-Frau lachte, hob sie auf und warf sie in eines der vielen Zimmer hinein. Die Kinder lugten noch einmal durch einen Türspalt und verschwanden dann. Der Regisseur war nicht zu sehen, die Wohnung war dunkel, die Bali-Frau führte uns in die Küche, zündete Kerzen an, stellte Wasser auf. Wir waren verlegen, setzten uns an den Küchentisch, ich wollte neben Markus Werner sitzen, Christiane wollte neben mir sitzen, wir ruckten ganz lange herum, das Gefühl der Scham war so deutlich. Schließlich saßen wir. Die Küche war groß und warm, vor den Fenstern die Nacht, an der Decke waren seltsame Girlanden gespannt, und es roch fremd. Wir schwiegen. Christiane mied meinen Blick. Markus Werner flüsterte wie ein Kind: »Was machen wir hier eigentlich?«, und niemand antwortete ihm. Die Bali-Frau kochte Tee aus grünen Blättern, stellte kleine Schalen auf den Tisch, Honig und Zucker. Sie goss ein, mit langsamen, sicheren Bewegungen, sie lächelte immerzu, und schließlich setzte sie sich neben Christiane. Markus Werner sah auf ein Foto, das an der Wand über dem Tisch hing, auf dem Foto stand der Regisseur neben der Bali-Frau, im Hintergrund Palmen und ein zu blaues Meer; der Regisseur war nackt bis auf einen winzigen Lendenschurz und trug einen Schmuck aus Bananen und Blumen auf dem Kopf. Er blickte schief und verlegen in die Kamera, die Bali-Frau hielt ihn an der Hand, sie lächelte nicht, der Himmel über ihnen sah nach Regen aus. Markus Werner sagte, noch immer überdeutlich: »Hochzeit?«, und die Bali-Frau, die gerade mit ihrem Gesicht ganz nah an Christianes herangerückt war, zuckte zurück und nickte mit dem Kopf. Christiane räusperte sich und legte die Hände auf den Tisch, als wolle sie eine Konferenz beginnen. Sie sagte entschlossen und fest: »Wo ist er denn?«, und Markus Werner antwortete für die Bali-Frau: »Er schläft schon.«

Ich finde, wir haben gute Winter miteinander gehabt. War es einer, oder waren es mehrere? Ich weiß es nicht mehr, und du würdest sagen, es sei auch nicht wichtig. Wir hatten Schnee und klirrende Kälte, und immer, wenn ich gesagt habe, dass ich eigentlich gerne frieren würde, hast du so geschaut, als würdest du verstehen. Wir sind spazieren gegangen, wenn die Sonne schien. Die langen Schatten, und du hast die Eiskristalle von den Ästen gebrochen und an ihnen gelutscht. Wenn du auf dem Eis hingefallen bist, habe ich lachen müssen, bis mir die Tränen kamen, wir haben uns nichts versprochen, ich wollte das auch so, dennoch, entschuldige mich, verspüre ich eine Eifersucht auf alle Winter, die du haben wirst, ohne mich. Ich glaube, dass die Dinge von nun an immer so sein werden, wie sie es waren in dieser Küche, an diesem Tisch neben Markus Werner, mit Christiane und der Bali-Frau, es wurde Morgen, ich war so müde; ich weiß, dass die Dinge nie anders waren, ich habe mich eben nur einmal getäuscht.

Vor den Fenstern wurde der Himmel blass, es schneite wieder, und der Schnee begann zu leuchten. Christiane stand einmal auf und setzte sich wieder hin. Markus Werner zog sich die Plastikhandschuhe aus und lehnte sich an mich, er küsste mich kurz und weich auf den Hals. Die Bali-Frau sah uns an und lächelte. Sie sagte: »Es gibt viele Witze in Deutschland.« Ihre Stimme klang ganz hell und kindlich, sie zog die Worte in die Länge und konnte das »sch« nicht richtig aussprechen. Markus Werner bewegte sich nicht. Christiane gab ein kurzes, trockenes Lachen von sich und sagte irritiert: »Was?« Die Bali-Frau rückte an den Tisch heran, sie lächelte jetzt nicht mehr, sie sagte sehr ernst: »Witze. Ich habe sie alle gelernt.« Markus Werner schloss die Augen und sagte sanft: »Vielleicht erzählen Sie uns einen«, und die Bali-Frau sah zu der girlandengeschmückten Decke hoch und sagte: »Was ist der Unterschied zwischen einer Blondine und der Titanic?« Wir schwiegen. Sie wartete vier, fünf Sekunden lang und sagte dann: »Bei der Titanic weiß man, wie viele darauf waren.« Wir schwiegen noch immer. Sie sah uns an, als erwarte sie von uns eine Erklärung, eine Erläuterung dieses Witzes, sie sah fürchterlich ernst aus, und ihre Augen waren weit aufgerissen. Markus Werner hatte die Augen noch immer geschlossen, aber in Christianes Gesicht stand ein Ausdruck der Panik, der mich zum Lachen reizte. Die Bali-Frau beugte sich noch weiter vor und sagte: »Was sagt man zu einer Blondine, die die Kellertreppe herunterfällt?«, sie wartete wiederum zwei, drei Sekunden lang, sie schien tatsächlich zu zählen, dann antwortete sie sich selbst: »Bring Bier mir.« Sie sagte: »Bring Bier mit«, und sah dabei so angestrengt auf die Tischplatte, als würde sie all diese Worte dort ablesen.

Dann richtete sie sich auf, sie saß jetzt kerzengerade und sprach wie dressiert, sie richtete sich auf und sagte: »Wie beerdigt man eine Blondine?«, und sie hörte nicht mehr auf. Sie erzählte einen Blondinenwitz nach dem anderen, zehn, zwanzig, fünfzig Blondinenwitze, und ich starrte sie an, ich starrte in ihr fremdes, konzentriertes, verrücktes Gesicht, ich verstand sie irgendwann überhaupt nicht mehr. Sie sprach immer schneller und schneller, sie gab Frage und Antwort und Frage und Antwort ohne Unterlass, und irgendwann bemerkte ich, dass Christiane – wie lange schon? – weinte. Markus Werner rutschte mit dem Kopf von meiner Schulter herunter in meinen Schoß. Er schlief, und der räudige Pelz seiner Großmutter umschmiegte sein erstaunlich kleines Gesicht. Ich legte meine Hand unter seine Wange und hielt seinen Kopf. Ich spürte mein Herz schlagen. Es ging mir gut.

Dann wurde es still. In einem der hinteren Zimmer klingelte ein Wecker, erwachte ein Regisseur; vor den Fenstern war es hell geworden. Die Bali-Frau schwieg. Sie sah überhaupt nicht erschöpft aus. Sie stand auf und zog Markus Werner von mir hoch, er fiel gegen sie, und sie streifte ihm mit einer sachten Bewegung den Mantel von den Schultern und schob ihn zur Küchenbank. Sie drückte Markus Werner auf die Bank, sie deckte ihn mit seinem Mantel zu und strich ihm mit ihrer kleinen braunen Hand über die Stirn, und dann küsste sie ihn auf den Mund. Christiane und ich standen auf und zogen uns die Mäntel an. Wir drehten uns an der Küchentür noch einmal um, da stand sie neben der Bank in ihrem roten Kleid und sah uns an, ernst und gerade, sie sagte nichts mehr, und da gingen wir.

Draußen war es noch immer kalt. Eine frühe Straßenbahn fuhr an uns vorüber, aus den Leitungen stoben bläuliche Funken, die Stadt war noch still und das Licht so hell, dass ich die Augen zukniff. Christiane blieb stehen und band sich die Haare im Nacken zusammen, ich dachte, ob ich sie vielleicht anfassen sollte, aber ich tat es nicht. Sie war ganz weiß im Gesicht, ihre Lippen waren blau, dann liefen wir los, der Schnee knirschte unter unseren Füßen. Ich habe gedacht, dass du, solltest du geschlafen haben, gerade aufwachen wirst. Du wirst aufwachen und die Eisblumen an den Fenstern sehen.

Es ist kalt. Es riecht nach Schnee. Nach Rauch. Lauschst du auf etwas, das du nicht hören kannst, liegt dir ein Wort auf der Zunge, du kannst es nicht sagen? Bist du unruhig? Sind wir uns einmal – ist das nicht genug – begegnet? Ich werde jetzt schlafen gehen. Erinnert dich der Winter manchmal an etwas, du weißt nicht – an was.

Hiltrud Baier

Schlittenfahrt

Nova konnte es kaum erwarten. Bisher hatte sie immer zusammen mit Kristin und Kaspar hinten im Schlitten gesessen, wenn sie zum Eisfischen auf den zugefrorenen See fuhren oder in den Wald, um die Rentiere zu füttern. Dann saß sie mit Kristin, Papas Frau, und Kaspar auf den getrockneten Rentierfellen, mit denen Papa den Schlitten ausgelegt hatte, damit es ihnen beim Fahren nicht kalt wurde. Gemütlich war das auf den Fellen. Kuschelig warm am Körper, nur auf den Wangen spürte Nova die Kälte des Fahrtwinds. Sie mochte es, wenn der Wind um ihre Ledermütze mit dem molligen Innenfell blies. Zu Weihnachten hatte Kristin ihr die neue Mütze geschenkt. Ihre Bonusmama, wie Nova Kristin nannte, hatte sie selbst gefertigt, aus gegerbtem Rentierleder und dem weichen Fell eines Rentierkalbs. Manchmal hatte Nova das Gefühl, sie bekäme keine Luft, so kalt war es während der Fahrt im Schlitten. Dann rückte sie etwas näher an Kristin und Kaspar heran und legte die Arme um Sippo, den schwarzen Hütehund, der sie immer begleitete. Sie schloss Augen und Mund, schmiegte den Kopf an Sippos weiches Fell und bemerkte die kleinen Eiskristalle, die in der Luft schwirrten und sich auf ihre Wimpern legten. Kaspar bekam immer ein extra Rentierfell um die Beine, damit er nicht fror. Aber Nova war nie kalt.

Und Nova war auch schon groß. Im April würde sie sechs Jahre alt werden. Heute durfte sie zum ersten Mal vorne auf dem Schneemobil sitzen.

Kristin hatte es sich mit Kaspar hinten im Schlitten bequem gemacht.

Sippo sprang zu den beiden und setzte sich aufs Fell.

»Nova! Es geht los!« Mit seinen dicken Schneehandschuhen klopfte Papa auf die Sitzfläche vor sich. Nova stieg auf und stellte die Füße auf die beiden Stege, die er extra angefertigt hatte, damit ihre Beine bei der Fahrt nicht in der Luft baumelten.

»Halte dich hier fest«, sagte Papa und deutete auf den Lenker.

Mit den Fäustlingen umschloss sie das Metall.

»Und mit dem Rücken lehnst du dich an mich.«

Nova nickte und ließ sich zurück auf Papas breiten Brustkorb fallen. Papa war groß und stark wie ein Bär. Sie drückte sich fest an ihn. Er drehte sich um. »Alles klar bei euch?« Nova hörte Kristins und Kaspars helle Stimmen »Ja!« rufen. Papa startete den Motor, fuhr langsam an, und dann glitten sie durch den verwunschenen Winterwald.

Dick mit Schnee behangene Birkenzweige beugten sich zu Nova herunter. Sie sahen aus wie die langen Arme von Riesen, die nach ihr zu greifen versuchten. Aber Papa schaffte es immer, den schneeweißen Ästen auszuweichen. Er fuhr vorsichtig, damit Kristin und Kaspar hinten im Schlitten nicht durchgeschüttelt wurden und die Riesen nicht nach ihr griffen.

Sie fuhren durch den tief verschneiten Kiefern- und Fichtenwald. Nur ab und zu zeigten sich dazwischen Birken. Papa düste auf der breiten Schneemobilspur. Doch jetzt wurde der Weg schmaler, und Nova duckte sich. Aber nur einmal streifte ein Birkenast Arm und Kopf, und weicher Pulverschnee stob ihr ins Gesicht. Sie kicherte und schmeckte die kleinen Eiskristalle auf der Zunge.

»Alles in Ordnung?«, rief Papa ihr über die Schulter durch den Lärm des Motors hindurch zu.

Sie nickte und wischte sich mit dem dicken Handschuh über das Gesicht.

»Wir sind gleich da!«, rief Papa.

Schade, dachte Nova. Sie wäre gern länger durch den Schnee gefahren. Aber das Rentiergehege, in dem Papa kranke und schwache Tiere fütterte, war nicht weit von ihrer Hütte in Ålloluokta entfernt.

Papa parkte das Schneemobil vor dem Eingang des

Geheges. Nova stieg vom Motorschlitten, klopfte den Schnee von ihrem dick wattierten Overall und öffnete das Gatter. Wenn Nova sich auf die Zehenspitzen stellte, reichten ihre Finger genau an den Holzpflock, mit dem sie das Gatter öffnen und schließen konnte. Die Rentiere standen weit hinten im Gehege, aber als sie Nova und die anderen bemerkten, trotteten sie näher. Sie wussten, wenn sie mit dem Schneemobil kamen, gab es etwas zu fressen.

»Nova, mach hinter dir zu! Nicht, dass die Rentiere ausbüchsen!«, rief Papa.

Nova rannte zurück, legte den Holzklotz um und beobachtete, wie Papa Kaspar aus dem Schlitten half. Ihr zwei Jahre jüngerer Halbbruder konnte sich nicht gut bewegen. Sein linker Arm und das linke Bein funktionierten nicht wie bei ihr. Das war schon immer so gewesen. Kaspar war so auf die Welt gekommen. Nova war jedes Mal schneller, wenn sie rannten, nicht nur weil sie älter und größer war als Kaspar. Dafür konnte Kaspar, als er vier Jahre alt war, schon seinen Namen schreiben.

In einem Unterstand lagen Säcke mit Bartflechten, die Papa und sie im Herbst zusammen im Wald gesammelt hatten. Wenn die Herbstwinde kamen, fielen die Flechten von den Nadelbäumen, und Nova sammelte sie vom Waldboden auf. Oder Papa holte sie mit einer langen Stange von den Bäumen herunter. Er rüttelte an ihnen, und, schwups, flogen die Flechten von den Kiefern und Fichten, und Nova stopfte sie in den Jutesack. Nova schnappte sich einen der Säcke. Er war leicht. Flechten wogen fast nichts. Sie öffnete ihn und holte eine Handvoll heraus. Langsam kamen die Rentiere, die bisher weit hinten am Zaun geblieben waren, angetrabt. Zwei von ihnen waren sehr klein.

»Die sind letztes Jahr im Mai geboren«, hatte Papa vor ein paar Tagen gesagt, als Nova angekommen war. Sie hatte Ferien von der Vorschule in Stockholm und durfte zwei lange Wochen bei Papa, Kristin und Kaspar bleiben. »Wir müssen die Rentierkälbchen aufpäppeln. Sie haben den Sommer und Herbst über zu wenig gefressen. Schau, wie mager sie sind.«

Die beiden bekamen von ihr immer zuerst zu fressen. Langsam ging Nova auf eines der kleinen Rentierkälbchen zu. Es hatte dunkelbraunes Fell mit einem weißen Streifen an Bauch und Nase und warme braune Augen. Nova streckte ihm die Flechten entgegen. Das Kälbchen zögerte, aber dann fraß es Nova aus der Hand, und gleich darauf auch das zweite.

»Gut machst du das«, sagte Papa, der inzwischen mit Kristin und Kaspar ins Gehege gekommen war.

»Ich will auch füttern.« Erwartungsvoll stand Kaspar neben ihr.

Nova holte ein paar Flechten aus dem Sack und

drückte sie ihm in die Hand. Er zögerte, aber sie hielt seinen Ärmel fest. Er streckte seine kleinen Finger zum Rentier, es fraß, und Kaspar strahlte.

Kristin und Papa machten sich an einem großen Sack zu schaffen. Das war getrocknetes Futter. Sie leerten die Pellets in einen lang gezogenen Trog. Die älteren Rentiere kamen sofort angetrabt und stupsten sich immer wieder gegenseitig weg, bis sie friedlich nebeneinanderstanden und fraßen.

Nova und Kaspar durften den ganzen Sack Flechten verfüttern.

»Das schmeckt ihnen wie euch Süßigkeiten«, sagte Kristin und strich dem dunkelbraunen Rentier über das Fell. Sie holte den Rucksack, den sie zu Hause gepackt hatte, legte ein großes getrocknetes Rentierfell auf den Schnee und setzte sich darauf. »Kommt.« Sie deutete auf das Fell. »Es ist kalt, ihr müsst etwas Warmes trinken. Und Hunger habt ihr sicher auch.«

Kaspar ließ sich neben seiner Mutter nieder. Unschlüssig setzte Nova sich dazu. Sie hätte lieber mit Papa zusammen den Zaun kontrolliert. Er ging ihn jedes Mal ab, wenn sie im Gehege waren. Der Zaun durfte kein Loch haben, sonst würden die Rentiere wegrennen, zu den anderen, die frei im Wald herumliefen.

»Ich komme gleich!«, rief Papa ihnen zu und ging am Zaun entlang, immer einen Blick auf das hellrote Tuch gerichtet, das an dicken Holzpflöcken fixiert war.

Kristin griff nach der Thermoskanne, füllte Kaspars und Novas Becher mit heißer Schokolade, öffnete eine Plastikbox mit selbst gebackenen Zimtschnecken und hielt sie den beiden vor die Nasen. »Na?« Sie lächelte aufmunternd.

Kaspar war eine Naschkatze und griff sofort zu. Auch Nova liebte Kristins Gebäck und nahm sich, nachdem sie die erste Zimtschnecke verschlungen hatte, eine zweite. Mama konnte keine so leckeren Zimtschnecken backen. Einmal hatte sie ihre Mutter darum gebeten, aber sie hatte nur geantwortet: »Ich bin keine Schwedin. Wo ich herkomme, gibt's Brezeln.«

»Kannst du Brezeln backen, Mama?«, hatte Nova sie gefragt.

Ihre Mutter hatte den Kopf geschüttelt. »Deine Oma kann das. Bitte sie darum, wenn wir sie das nächste Mal besuchen.«

Aber Nova wollte in den Ferien immer zu Papa Juhan, Kristin und Kaspar. Hier gefiel es ihr am besten. Hier gab es Rentiere, Elche und Schnee. Und vor allem gab es Papa, der ihr alles über die Rentiere beibrachte und sie immer mitnahm, wenn er mit den Tieren arbeitete. Zur Kälbermarkierung im Sommer, zur Schlachtung im Herbst, und im Winter, wenn sie die schwächeren Rentiere zufütterten. Nova durfte Ski fahren, Fische fangen und mit Papa Feuer machen. Nichts war so schön, wie hier im Norden von Schweden zu sein.

»Nova, kommst du mal?«

Papa hatte gerufen. Sie legte ihre angebissene Zimtschnecke in die Dose zurück und stellte die ausgetrunkene Trinkschale auf das Fell. Sie stand auf und rannte zu Papa, den sie weit hinten am Zaun ausmachte.

Er bückte sich. »Schau«, sagte er und deutete auf einen Riss im Zaun. »Den müssen wir flicken.«

»Weiß ich doch. Die Rentiere könnten ausbüchsen.«

»Ja, aber auch damit kein Tier ins Gehege kommt. Hier gibt es Bären und Vielfraße.«

Nova nickte. Klar. Die Bären wurden im Frühjahr wach und hatten Hunger, weil sie den ganzen Winter über geschlafen hatten. Da käme ihnen ein kleines Kälbchen gerade recht. Doch jetzt war Winter. »Die Bären schlafen doch noch.«

»Manchmal wacht einer auf. Wenn er gestört wird. Oder es ungewöhnlich warm ist.«

Papa erzählte oft von den Tieren, die den Rentieren gefährlich werden konnten.

»Es ist kalt, und die Jagd ist vorbei. Unwahrscheinlich, dass ein Bär aufwacht und eines der Tiere reißt. Aber es gibt hier Vielfraße.«

»Papa?« Sie schaute in die dunklen Augen ihres Vaters.

»Ja?«

»Bekomme ich auch mal ein eigenes Rentierkälbchen?«

»Natürlich. Wenn du groß bist.«

»Ich bin groß.«

»Wenn du mit dem Lasso umgehen und dir ein Kälbchen einfangen kannst, darfst du es behalten.«

»Und es gehört mir allein?«

»Ja. Du darfst es markieren und ihm einen Namen geben.«

Nova lächelte. In ihrem Bauch kribbelte es. »Ich weiß schon, wie es heißen wird.«

»Wie denn?«

»Verrat ich nicht.« Sie kicherte. Den Namen würde sie erst preisgeben, wenn sie ihn ihrem Kälbchen ins Ohr geflüstert hatte.

Papa zog seinen dicken Handschuh aus und nahm Nova bei der Hand. »Jetzt stärken wir uns erst mal, damit du schnell groß wirst und dein eigenes Kälbchen bekommst. Aber ein paar Jahre wird das noch dauern.«

Eva Ibbotson

Sidi

Die himmelblauen Seidenvorhänge der luxuriösen Ankleidekabine in Londons berühmtestem Kaufhaus teilten sich und heraus trat die junge Braut. Ihr Kleid aus schneeweißem Musselin mit engem Oberteil und weitem, knöchellangen Rock war eine Hymne auf den New Look, den Dior in diesem Frühling des Jahres 1947 kreiert hatte, um mit Volants und Spitzenrüschen die Not der Kriegsjahre zu vertreiben.

Aber es war nicht das Kleid, das die einstige Erzieherin der Braut bestaunte – es war der Ausdruck in den Augen des Mädchens. Denn hier strahlten Heiterkeit und echte Freude. Nein, Sidi ging keine Vernunftehe ein, sondern steuerte mit fliegenden Fahnen in den Hafen der Ehe. Offensichtlich hatte sie in John West, wer immer er war, ihr Glück gefunden.

Nun, warum auch nicht? Warum dieses lächerliche Gefühl von Enttäuschung, von Verrat? Hatte sie Sidi nicht schon vor Jahren in Berlin von Lots Frau erzählt und wie sinnlos es ist zurückzuschauen? Erwartete sie tatsächlich von diesem Kind, das sein Glück mehr als manches andere verdiente, sich an einen Ort zu erinnern, der jetzt ein Trümmerhaufen war, an ein Land, zerstört, zerstückelt und unerreichbar?

Neun Jahre hatte sie Sidi nicht mehr gesehen, die den Krieg in Amerika verbracht hatte, wohin sie bereits ein Jahr nach ihrer Ankunft in London mit den Schülerinnen ihres Pensionats evakuiert worden war. Als Sidi bei ihr in Berkshire anrief und mit aufgeregter Stimme von der bevorstehenden Hochzeit berichtete, hatte sie zum ersten Mal wieder von ihr gehört.

»Du *musst* kommen, Hoggy«, hatte Sidi gesagt. Trotz des Neuengland-Akzents, den sie in den Staaten angenommen hatte, verriet ihre Sprache Sidis europäische Herkunft. »Ich brauche dich *most particularly*«, sagte sie wie eine echte Engländerin.

Und Miss Hogg hatte versprochen, nicht nur zur Hochzeit zu kommen, sondern auch zu dieser Anprobe, denn von all den Kindern, um die sie sich gekümmert hatte, war ihr nur Sidi ans Herz gewachsen, jene merkwürdige, verlassene Kleine vom europäischen Festland. Doch als jetzt die Schneiderinnen anrückten und Sidis höchst elegante Mutter, die inzwischen in dritter Ehe mit einem gut situierten Börsenmakler verheiratet war, ihre Anweisungen gab, hätte Hoggy am liebsten alle beiseite gedrängt und zu dieser strahlenden Braut gesagt: »Sidi, *erinnerst* du dich denn nicht mehr? Hast du Vlodz völlig vergessen?«

Sidi war nach Frauen benannt, die Goethe geliebt hatte: Sidonie Ulrike Charlotte, mit Nachnamen Hoffmannsburg. Sie war ein zartes Kind mit ängstlichen dunklen Augen, das immer aussah wie ein verwaister Pudel. Ihr weiches glattes Haar musste über den Brauen geschnitten werden, doch bis über die Ohren schien es nicht wachsen zu wollen, und von ihrem Namen schaffte sie nicht mehr als »Sidi«.

Viermal im Jahr durchquerte dieses kleine Mädchen die Ebenen und Wälder Mitteleuropas – von den eleganten Wohnungen der Mutter in Berlin oder Dresden zum Gut des Vaters in Ungarn, hin und her geschickt »wie ein Bündel Wechsel«, sagte sie später.

Es war das Jahr 1935. Scheidungen waren damals weniger häufig und weniger zivilisiert. Sidi wurde das Opfer von Eltern, die unfähig waren, einander zu ertragen. Wenn sie am Bahnhof Friedrichstraße in den Zug stieg, blass und mit verdorbenem Magen von den süßen Mandeln und Katzenzungen, die ihr der neueste Liebhaber ihrer Mutter aufgedrängt hatte, wünschte sie sich immer nur eines: dass ihr Vater ein freundliches Wort über ihre Mutter sagen würde. Und wenn sie in Budapest in den Zug stieg und die von der derzeitigen Geliebten ihres Vaters in letzter Minute besorgte Puppe in ungarischer Bauerntracht an sich drückte, war ihr einziger Wunsch, dass ihre Mutter wenigstens fragen würde, wie es dem Vater ging. Aber so schlicht dieser Wunsch war, er wurde ihr nie erfüllt.

Es war die Zeit der luxuriösen Schnellzüge, die Namen hatten wie Train Bleu, Orientexpress, Südexpress … Sidi reiste mit größtem Komfort, vertilgte tapfer Fünf-Gänge-Menüs im Speisewagen der Wagon-Lits und schlief in blütenweißen Betten in einem mit Damast tapezierten, mit blitzblankem Waschbecken und rosaroten Lampenschirmen ausgestatteten Erster-Klasse-Abteil. Doch während sie auf die Heidelandschaften, Birkenwälder, Roggen- und Maisfelder blickte, verloren Sidis Augen selten ihren traurigen, verunsicherten Blick. Wer wollte sie? Wohin gehörte sie?

Sidis Mutter war Schauspielerin, die hinreißende Sybilla Berger, die außer wasserstoffblondem Haar, gezupften Brauen und hohen Wangenknochen auch die Konstitution eines Elefanten und die Zielstrebigkeit einer Wanderameisenkolonne hatte.

Die Ehe mit einem kleinen österreichisch-ungarischen Gutsbesitzer, der weder Einfluss noch »Hirn« besaß, war ein Fehler, den sie rasch korrigierte. Nach drei Jahren häuslichen Lebens in Wien ließ sie sich von ihm scheiden, zog nach Berlin und ging zum Film. »Daheim bei Mutter« bedeutete für Sidi eine Reihe von Suiten in Grand Hotels, wo sie vom Hotelportier mit den Dackeln und Schnauzern der Gäste Gassi geführt wurde, und nachts passten Zimmermädchen für ein angemessenes Trinkgeld ein bisschen auf. Manchmal wurde sie von Taxis abgeholt und in Filmstudios gebracht, von Regisseuren getätschelt, von Schauspielerinnen geküsst und dann oft stundenlang vergessen. Sie spielte unter Kaffeehaustischen und in den Ecken miefiger Garderoben. Hin und wieder blickte sie auf, um durch Wolken von Zigarettenrauch das Gesicht ihrer geliebten und unerreichbaren Mutter zu suchen.

Dann wurde sie plötzlich mit neuen Kleidern und Geschenken überschüttet, die das andere Elternteil beeindrucken sollten. Es gab eine rührende Szene am Bahnhof, wenn Sybilla, umgeben von Bewunderern, von ihrem Töchterchen Abschied nahm und die lange Reise zu der von einem Graben umringten Wasserburg in Malazka begann, in der Hoffnung, dass es vielleicht ihr großer, gutmütiger Vater mit seinem fröhlichen Lachen war, der sie wirklich liebte und haben wollte – aber auch mit dem Wissen, dass sie wieder den gepflasterten Hof mit den Karren sehen würde, die beladen waren mit den Kadavern und blutbefleckten Geweihen von Rehen und Hirschen oder, je nach Jahreszeit, mit erschossenen Fasanen, Wildenten oder Ebern.

Manchmal, wenn ihre Eltern das Tauziehen satthatten, mussten andere einspringen: eine Großmutter in Prag, drei ledige Tanten in Paris – und Sidi, das kleine Faustpfand bei all diesen elterlichen Machenschaften, wurde wieder in einen großen Zug gesetzt mit irgendeiner eilig aufgetriebenen Reisebegleitung.

So kam es, dass Sidi mit neun Jahren ein Kind war, dem man nichts schenken konnte, ohne dass sie es kurz darauf weiterschenkte, um sich vielleicht nur für einen Augenblick Zuneigung zu erkaufen. Wenn jemand mit ihr Halma spielte, runzelte sie vor Anstrengung die winzige Nase, denn sie wollte auf jeden Fall verlieren, damit sich der Sieger freute und nett zu ihr war. Sie war ein Kind, an dessen Füßen die Wasser von Babylon leckten.

An diesem Punkt kam Miss Hogg ins Spiel.

Miss Hogg war eine Erzieherin aus England, die importiert wurde wie Frau Hoffmannsburgs Marmeladen und Reitstiefel. Miss Hogg war eine gestandene rothaarige Dame, die Regelmäßigkeit und Ordnung in Sidis Leben brachte, aber keine Liebe. Liebe war eine Ware, die Miss Hogg nicht mehr führte.

Früher war das anders gewesen. Früher einmal war Miss Hogg Sarah-Ellen und die Tochter des Vikars gewesen mit Sommersprossen auf der kecken Nase, mit Zöpfen, auf denen sie sitzen konnte und die

Feuer fingen, wenn die Sonne schien. Sie hatte einen geliebten Zwillingsbruder, zwei immer zu Streichen aufgelegte Vettern mit brandrotem Haarschopf und einen Verlobten namens Hughie, bei dem ihr die Knie weich wurden, wenn er nur das Zimmer betrat. An ihrem neunzehnten Geburtstag hatten ihr Bruder, die Cousins und Hughie mit ihr eine Kahnpartie auf dem Fluss gemacht. Sie hatten ein Picknick dabei, ein paar Flaschen Champagner und ein Grammophon, das Ragtime spielte. Ein Jahr später lebte von den vier jungen Männern kein Einziger mehr. Nach dem letzten Telegramm, als Hughie an der Somme gefallen war, hatte Sarah-Ellen ihr Herz verschlossen, war auf eine Lehrerbildungsanstalt gegangen und schließlich Erzieherin geworden.

Miss Hoggs Zwillingsbruder hatte ein Faible für Züge gehabt. Als sie im Baedecker für Mitteleuropa nachschlug, stellte sie fest, dass man für die Reise von Berlin zu dem Ort am Rand der Karpaten, wo das Gut von Herrn Hoffmannsburg lag, keineswegs über Budapest fahren musste. Man konnte stattdessen den Express nach Bukarest nehmen und nach Absprache mit dem Zugschaffner an einer kleinen Bahnstation abgesetzt werden, wo man drei Stunden später Anschluss an einen Bummelzug hatte, der südwärts nach Ungarn fuhr.

Der Name dieser kleinen Bahnstation war Vlodz.

Man könnte auf der Landkarte von Mitteleuropa lange suchen und Vlodz doch nicht finden. Es liegt nicht ganz in Rumänien, nicht eigentlich in Tschechien, mehr oder weniger in Polen. Die Flüsse Wistok, Klodza und Itzanka und auch die Stadt Jaroslaw sind nicht weit. Aber nachdem auch das einem Ortsunkundigen wenig sagt, ist es einfacher, von einer Bahnstation zu sprechen, wie es viele ähnliche in diesem großen europäischen Flachland gibt. Vom Bahnsteig aus überblickt man ein Meer von Maisfeldern, Sonnenblumen lehnen ihre schweren Köpfe gegen die niedrigen, weiß gestrichenen Häuser, Gänse spazieren auf den Gleisen ... Es war eine dieser Bahnstationen, über die Chagall einen blaugrünen, schwebend träumenden Dichter gemalt hätte oder die sich der alte Tolstoi zum Sterben ausgesucht haben könnte.

Und doch unterschied sich Vlodz durch eine kleine Besonderheit. Zunächst einmal war es für diejenigen, die Bescheid wussten wie zum Beispiel Miss Hogg, eine Anschlussstation. Deshalb gab es im Bahnhofsgebäude einen Wartesaal mit einem Bild des Marschalls Pilsudski, einem eisernen Ofen und Sitzbänken. Es gab einen Fahrkartenschalter, einen Paketschalter ... und um dies alles unterzubringen, hatte man die Wohnräume des Bahnhofsvorstehers dazugenommen und auf der Wiese an der gegenüberliegenden Straßenseite ein neues Haus für ihn gebaut.

Bei manchen Häusern hat man den Eindruck, dass alles stimmt; dass sie eine Art Gütesiegel erhalten haben von einer göttlichen Hand, die ihnen väterlich auf die Schultern klopfte. Solche Häuser malen einem Kinder mit den Buntstiften, die sie zu Weihnachten bekommen haben. Zu solchen Häusern kehren die Störche jedes Jahr aus Ägypten zurück. Das Haus des Bahnhofsvorstehers war aus Eschenholz, das einen fast silbernen Glanz angenommen hatte. In die Fensterläden waren Herzen und Rosen geschnitzt, und in den Blumenkästen blühten die Petunien und Studentenblumen so üppig und frisch, wie sie dies nur bei sorgsamer Pflege tun. Jeder Winkel des Gartens war bestens genutzt. Da wuchsen Kohlrabi zwischen Kopfsalat, Zwiebeln zwischen Paprikaschoten, Pfefferminze unter den Himbeerranken. Das Schwein in seinem Koben schien ein wenig sauberer und dicker zu sein als die Schweine anderer Stationsvorsteher zwischen Krakau und Kiew, die Enten munterer, die Zwerghühner bunter und dreister.

In diesem Haus wohnten der Stationsvorsteher Wasilewski und seine Frau Hannah, die auch im Alltag freundlich miteinander umgingen und nicht nach dem Geheimnis einer glücklichen Ehe zu fragen brauchten; außerdem eine behäbige orangefarbene Katze, ein Hund namens Joseph, ein Kanarienvogel … und ein Junge.

Dieser Junge, der in seinem Mansardenstübchen saß, von dem aus er die Straße, den Bahnhof und ein Maisfeld überblicken konnte, das so groß war wie das Meer und bis nach Abessinien reichte, hörte das Signal rasseln, schloss seine Schulbücher und lief nach unten.

Es kam nicht oft vor, dass der Berlin-Express in Vlodz hielt, und vielleicht war ja diesmal etwas Interessantes dabei: ein Forscher mit Tropenhelm, dem er das Gepäck zum Gasthaus bringen konnte, oder ein Bär in einem Käfig.

Der Vater war bereits auf seinem Posten, den Uniformrock ordentlich zugeknöpft, die Mütze gerade auf dem Kopf. Früher war es das größte Vergnügen des Jungen, wenn ihm erlaubt wurde, das Signalhorn zu blasen, das der Vater an einer Kette um den Hals trug, und das grüne Fähnchen zu schwenken. Aber jetzt war er elf Jahre alt und kein Kind mehr, und deshalb saß er ruhig, die Arme um die Knie geschlungen, auf seinem Handwagen und wartete. Jetzt konnte er schon die Lokomotive als schwarzen Punkt in der Ferne erkennen. Er hörte das vorschriftsmäßige Pfeifen, mit dem der Lokführer signalisierte, dass der Zug halten würde – und wenige Sekunden später war er da, löschte den Himmel aus, zischte und hüllte den Jungen in seinen heißen Atem.

Irgendwo am anderen Ende des Bahnsteigs ging

eine Tür auf. Gleichzeitig quoll unter dem Wagen eine dicke Dampfwolke hervor, die alles verdeckte.

Unmittelbar danach wurde die Tür wieder zugeschlagen. Herr Wasilewski schwenkte die grüne Fahne. Der Zug fuhr ab.

Die Dampfwolke lichtete sich.

Nichts Interessantes ... Nur ein kleines Mädchen, umgeben von ihrem Gepäck.

Miss Hogg war in das Bahnhofsgebäude gegangen, um sich zu erkundigen. »Warte hier«, hatte sie zu Sidi gesagt und Sidi wartete. Sie hatte sich die Hand mit dem verdrehten, dicken Lederriemen verletzt, als sie das Zugfenster öffnen wollte; aber es war nur eine Quetschung, die nicht als Verletzung zählte. Kein Blut, keine Tränen – das wusste jeder.

Sie blickte auf. Ein Junge war wie aus dem Nichts aufgetaucht. Er hatte kurz geschnittene helle Haare, sehr blaue Augen, Lederhosen und nackte Füße ... ein Bauernjunge, der sie verachten, anschreien, vielleicht sogar mit Steinen bewerfen würde.

Sie biss sich auf die Lippen und wartete mit starrem Blick, während der Junge näher kam. Er hatte noch nie ein so elegant herausgeputztes Mädchen gesehen. Sie trug ein weißes Matrosenkleid, eine blaue Mütze auf dem schmalen Kopf, schneeweiße Kniestrümpfe und glänzende schwarze Schuhe mit silbernen Schnallen. Nichts war zerknittert an ihr nach der langen Zugfahrt – nichts, außer ihrem Gesicht.

»Hast du dir wehgetan?«, fragte er auf Deutsch. Er hätte auch ein wenig Französisch gekonnt, denn der Dorfschullehrer – ein wahrer Heiliger – hatte ihn für die Universität vorgesehen und, mit ein wenig Glück, für den Posten des polnischen Präsidenten.

Sie sah ihn erstaunt an. »Ich war selbst schuld«, stammelte sie.

Zu seinem eigenen großen Erstaunen nahm er ihre gequetschten, blutunterlaufenen Finger und pustete ... und wurde plötzlich durchbohrt ... zerrissen – kein Wort ist angemessen – von einer alles verzehrenden, welterschütternden Zärtlichkeit.

Irgendwo, vielleicht vierhundert Kilometer weiter südwestlich, im schönen grauen und goldenen Wien, trug der große Sigmund Freud in diesem Augenblick seine Theorien über kindliche und vorpubertäre Sexualität vor, die die Welt verändern sollten. Am Bahnhof von Vlodz hätte er damit weit danebengelegen. Dies hier war noch etwas anderes.

Sidi blickte verwundert auf ihre Hand. Die Wasser von Babylon wichen zurück. Ruth hatte im babylonischen Exil inmitten des fremden Kornfelds geweint. Sidi, die ihr sehr ähnlich war und jetzt über ein raschelndes Maismeer blickte, hob den Kopf – und versuchte ein zaghaftes Lächeln.

In Miss Hoggs Erinnerung war der Nachmittag im Haus des Stationsvorstehers nicht viel mehr als ein Zwischenaufenthalt, bei dem sie in Ruhe stricken konnte. Als das Telegramm mit der Todesnachricht von Hughie gekommen war, hatte sie sich »ein wenig dumm« benommen. Oder anders gesagt: Sie hatte die Arme durch den Gürtel ihres Sommerkleides geschoben und war in die Themse gesprungen. Ein Angler hatte sie gerettet, und der Arzt im Krankenhaus hatte ihr das Stricken empfohlen – eine Therapie, mit der er angeblich gute Erfahrungen gemacht hatte.

Miss Hogg hatte den Rat befolgt und war in ihrem späteren Leben als Erzieherin sehr dankbar dafür gewesen. Es waren die Kniffligkeiten einer Fersenkappe, die sie daran hinderten, aufzustehen und Frau Hoffmannsburg zu ohrfeigen, als sie Sidis Vater in Gegenwart des Kindes einen magyarischen Büffel und geil wie ein Frettchen nannte. Einer Hilfsnadel, die exakt wie ein Katheter in den Ärmel eines Arranpullovers geschoben werden musste, verdankte sie, dass sie schweigen konnte, als Herr Hoffmannsburg zu seiner Tochter sagte, ihre Mutter, in der die Seele eines jüdischen Pfandleihers stecke, habe den Perlenschmuck aus seinem Familienbesitz verhökert. In Vlodz jedoch, in dem geschnitzten Schaukelstuhl, ein Glas Tee neben sich und ohne den Zwang, Konversation machen zu müssen, weil sie kein Polnisch konnte, strickte Miss Hogg zufrieden und ungestört.

Sidi dagegen trat in dem Augenblick, als der Junge die weiß gestrichene Gartentür öffnete, ihr Erbe an.

Sie hatte gewusst, dass es irgendwo ein solches Haus geben musste – ein Haus, in dem es nach Vanille und Zimt und frisch gebackenem Brot roch … ein Haus mit gestickten Kissen auf den geschnitzten Stühlen und mit einem buttergelben Kanarienvogel, der sang und sang. Sie hatte auch gewusst, dass es in einem solchen Haus eine Katze gab, die einem auf den Schoß sprang, sobald man sich setzte, und dass man hier nicht in die gute Stube verbannt wurde, sondern sofort mithelfen durfte und mit einem Körbchen in den Garten geschickt wurde, um Himbeeren für den Nachmittagstee zu pflücken. Sie hatte gewusst, ohne genau zu wissen, dass sie es wusste, dass es irgendwo auf der Welt ein Ehepaar geben musste wie die Wasilewskis, die sich im Vorübergehen zulächelten und einander die Hand auf den Arm oder die Schulter legten.

Aber das wirklich Erstaunliche, das, was sie sich nie hätte träumen lassen, war der Junge.

Denn der Junge gehörte *ihr.* Das hatte sie sofort gewusst. Sie hätte nicht sagen können, was sie in seinen ruhigen blauen Augen sah, aber sie verstand es. Er war älter als sie, groß, stark und sehr tapfer. Sie sah, wie furchtlos er den zischenden Ganter vertrieb, der sich ihnen in den Weg stellte, wie geschickt er einen Stock mit einem gefährlichen Messer bearbeitete. Trotzdem wollte er da sein, wo sie war. Wenn sie sich nur ein paar Schritte entfernte, folgte er ihr. Es war unglaublich, aber unmissverständlich: Sie *gefiel* ihm.

Der Junge hatte inzwischen mit gerunzelter Stirn nachgedacht. Nun schien er einen Entschluss gefasst zu haben.

»Komm mit hinaus«, sagte er – und sie schob sofort ihr Glas Milch zur Seite und stand vom Tisch auf.

»Wo gehen wir hin?«, fragte sie, während sie neben ihm herging und ihre glänzenden Schuhe vom Staub der Straße ganz weiß wurden.

»Ins Feld«, sagte er, aber er hätte genauso gut sagen können: »Ins Meer.« Denn es war wie ein Meer, dieses grenzenlose Maisfeld, das sich so weit erstreckte, wie das Auge reichte, das raschelte und flüsterte und von einem sanften Wind gestreichelt wurde, wie das Meer.

Er führte sie über den Bahndamm und dahinter durch eine Art Tunnel zwischen den Maisstängeln bis zu einem kleinen runden Platz, den er gelichtet hatte. Es war ein Nest, eine Höhle, die weder vom Haus noch vom Bahnhof aus, noch von irgendjemand zu sehen war.

»Ich komme hierher, wenn ich denken muss«, sagte er.

Sie nickte, denn sie hatte bereits verstanden, dass er so jemand war. Der Junge, der ihr seinen Lebenstraum anvertrauen wollte, betrachtete ihren bedenklich zarten Nacken. *Brauchen können* würde er sie in Abessinien kaum.

»Euer Haus ist hübsch«, sagte sie schüchtern. »Es ist das schönste Haus, das ich je gesehen habe.«

Er runzelte verwundert die Stirn. Wie alle glücklichen Kinder fand er sein Zuhause ganz normal. Aber er konnte an dem, was sie gesagt hatte, anknüpfen.

»Trotzdem werde ich nicht mehr lange hier sein«, sagte er. »Sobald ich alt genug bin, gehe ich fort. Nach Abessinien.«

»Oh«, sagte sie leise und war innerlich völlig verzweifelt. Sie hatte sich doch geirrt.

»Abessinien ist in Afrika«, erklärte er. »Es ist ein Land, das von einem Löwen regiert wird … dem Löwen von Juda …«

Seine Stimme war kraftvoll und voller Freude, und während er sprach, sah sie das große, gerecht denkende Tier über seine schwächeren Brüder wachen, seine freundlichen Augen, die wohlwollend auf den weidenden Herden ruhten. Sie sah, wie die Lämmer umhersprangen und die Affen von einem mit Früchten beladenen Baum zum anderen turnten …

»Löwe von Juda nennen sie den abessinischen

Kaiser«, sagte der Junge. »Die Männer seiner Leibgarde sind alle über zwei Meter groß und können so schnell laufen wie die Strauße. Und er trägt eine Krone und ist sehr tapfer. Dort gibt es Berge, die sind voller Gold, und sehr alte Menschen, weil die Luft so gut ist, dass nie jemand krank wird. Und Seen gibt es, die wimmeln von Fischen, und Wälder …«

Sie fand seinen Traum schön und sah ein, dass er fortgehen musste.

»Wo wirst du wohnen?«, fragte sie tapfer.

»Ich werde Bäume fällen und Elefanten trainieren, damit sie die Stämme ziehen, und ich werde ein Haus bauen. Wir werden ein Haus brauchen, weil –«

»Wir?« Sidis Stimme klang, als hätte eine Grille neben ihnen gezirpt.

Er sah sie an. »Ich möchte, dass du mitkommst.« Und als sie schwieg, schob er rasch die Frage nach: »Würdest du mitkommen?«

Sie sagte noch immer nichts. Aber dann sah er, wie sie sich langsam verwandelte, als sich ihr kleines zerknittertes Gesicht vor Glück zu glätten begann. Sie reckte die schmalen Schultern und hob den Kopf.

»Ja«, sagte sie. »O ja.«

Sie hatte sich also doch nicht geirrt. Sie würde im Stationsvorsteherhaus wohnen, denn sie wusste jetzt, dass er es – mit der Hilfe von Elefanten – für sie bauen würde, an einem blauen abessinischen See. Ein Haus mit geschnitzten Fensterläden und Blumen auf dem Balkon, auf dem sie in einer rot karierten Schürze stehen würde wie Frau Wasilewski, um ihre Kinder aus dem wuchernden Dschungel zum Tee zu rufen.

»Wie hieß der Junge?«, fragte Miss Hogg später an jenem Nachmittag, als Sidi endlich aufgehört hatte zu winken und der Bahnhof von Vlodz nur noch ein winziger Punkt in der Ferne war.

»Jan«, sagte Sidi, deren Augen noch genauso feierlich blickten wie beim Abschied.

Aber für sie war er weiterhin »der Junge«, als würde es keinen anderen Jungen auf der Welt geben.

Sidi fuhr zu der von einem Graben umgebenen Wasserburg, wo ihr Vater tagsüber Hirsche erlegte und nachts zum Gebieter einer Reihe anscheinend identischer Blondinen wurde. Aber Sidi war widerstandsfähiger geworden. Sie wurde auch eine Expertin für afrikanische Angelegenheiten, schmökerte in der vernachlässigten Bibliothek ihres Vaters und überraschte seine Gäste mit Kenntnissen über die unterschiedlichen Stämme Äthiopiens und die Bevölkerung von Addis Abeba.

Als sie auf dem Weg nach Berlin wieder durch Vlodz kamen, war es Spätsommer. Dieses Mal war es bereits wie eine Heimkehr. Miss Hogg hatte ein

Häkelmuster für Frau Wasilewski. Es gab frische Milch und Honigkuchen und ein Kätzchen, das Jan eigens für sie vor dem Ersäuftwerden gerettet hatte. Die letzte Stunde, bevor der Zug kam, gehörte den Kindern allein, und sie verbrachten sie im Maisfeld, das jetzt, reif für die Ernte, hoch über ihre Köpfe ragte.

Sie hatten den Plan für ihr Leben festgelegt, aber nun blieb noch etwas zu tun, und das Wissen darum lastete schwer auf dem Jungen.

»Ich muss dich küssen«, sagte er plötzlich mitten in ihr fröhliches Geplapper hinein. »Ich muss es tun.«

Die Angst, die nicht einmal er völlig vertreiben konnte, stand ihr ins Gesicht geschrieben. Ihre Nasen würden zusammenstoßen ... Sie würde ihn enttäuschen.

»Ich muss es tun«, wiederholte er, denn er wusste, was man für Abessinien brauchte: Pässe, Urkunden, die Heirat ... Aber als sie sich niederkniete und ihm ihr kleines, ergebenes Gesicht hinhielt wie einem Zahnarzt, schlug ihm das Gewissen. Unter seinen ungeschickten Händen würde sie welken ... sie würde sterben.

Er beugte sich vor und küsste ihre nach Seife duftende Wange und dann, ganz flüchtig, ihren Mund.

Sie öffnete die Augen, und etwas ganz Fröhliches tanzte darin.

Und dann sagte sie: »Tu es noch einmal.«

In der Zeit danach begannen sie, sich zu schreiben – aus Berlin, aus Dresden, als Sidis Mutter dort filmte; nach Paris, als Sidi zu ihren Tanten geschickt wurde. Sokrates, der gesagt hatte, ein Leben ohne Prüfungen sei wertlos, hätte seine Freude an ihnen gehabt, als sie anfingen, ihrem täglichen Leben immer wieder etwas zu entlocken, womit sie den anderen erfreuen oder erheitern konnten. Der Briefkasten wurde Sidis Bezugspunkt, in welcher Stadt sie sich auch gerade befand; sie orientierte sich daran wie die Seeleute an den Sternen. In Vlodz wurde der Alte, von Warzen verunstaltete Postbote zum Gralsträger, zum Rosenkavalier.

Im November machte Sybilla Berger in einem Theaterstück auf sich aufmerksam, das vom Leben der unglücklichen Kaiserin Elisabeth handelte, und Korda bat sie, zu Probeaufnahmen nach London zu kommen. Wegen der Frage, wo Sidi das Weihnachtsfest verbringen sollte, hatte es zwischen den Eltern bereits heftigen Streit gegeben. Nun wurde Herrn Hofmannsburg mitgeteilt, er könne das Kind haben.

»Sie erledigen das mit der Reise, Hoggy, nicht wahr?«, sagte Frau Hoffmannsburg und reiste mit dem Nordexpress ab.

»Ich erledige das«, sagte Miss Hogg. Sie war froh, Berlin verlassen zu können, denn ihre anfängliche Meinung über Hitler – dass sich der arme Mann mit dem lächerlichen Schnurrbart nicht lange würde halten können – war ernsthaften Befürchtungen gewichen. Sie schlug im Fahrplan nach, besorgte die Fahrkarten und Reservierungen und verschickte Telegramme.

Auf diese Weise »verloren« Sidi und Miss Hogg einen Tag, den sie im Haus des Stationsvorstehers in Vlodz verbrachten. Es war noch vor Weihnachten, aber für Sidi gab es nie wieder ein anderes Weihnachtsfest. Sie erhielten das beste Zimmer mit dem blau und weiß gekachelten Ofen, dem Gänsedaunenbett und dem Samowar, der Herrn Wasilewskis Großmutter gehört hatte. Das Haus roch nach Schweinebraten und Äpfeln und Glühwein. Die Zeiten, als Sidi ihre Geschenke sofort weiterverschenkte, waren längst vorbei. Sie hatte alles aufgehoben: Eau de Cologne und Pralinen und seidene Schals von den Frauen, die hofften, ihre Stiefmutter zu werden; kandierte Früchte und Spieluhren und Füllfederhalter von den Verehrern ihrer Mutter – und alles das legte sie nun auf den gescheuerten Holztisch.

Als der Junge eine Stunde vor Sonnenuntergang von seinem Schemel aufstand und sagte: »Komm mit«, hatte niemand, auch nicht die einheimischen Weihnachtsgäste, etwas dagegen. Denn die Leute von Vlodz machten sich wegen Jan keine Illusionen. Er war der Junge, der alle ihre Rätselfragen beantworten konnte, und das ausländische Mädchen war kein bisschen zu gut für ihn.

Draußen war alles dick verschneit. Das Maisfeld schlief unter der Schneedecke, der Bahnhof lag wie eingemummelt in Schnee, und jedes Geräusch wurde vom Schnee gedämpft.

»Wo gehen wir hin?«, fragte Sidi.

»Du wirst schon sehen«, antwortete Jan.

Er führte sie zu einem Schuppen hinter dem Haus, wo ein Schlitten mit einer Lehne und einer Bärenfelldecke stand. Er setzte sie in den Schlitten und wickelte sie in die Decke ein, sodass nur noch ihr Gesicht herausschaute. Dann zog er sie auf der verschneiten Straße zum Wald, wo die dunklen Wipfel in den orangefarbenen Himmel ragten.

Am Gatter vor dem Wald hielt der Junge an.

»Warte hier«, sagte er zu Sidi, die mit leuchtenden Augen auf dem Schlitten saß. »Und mach die Augen zu. Du darfst nicht schauen.«

Inzwischen war es dämmrig geworden. Die Fichten in ihrem Winterkleid standen dunkel und feierlich aufgereiht. Nur eine, ein kleiner Baum, der ein wenig abseits von den anderen stand, war vom Schnee befreit und behangen mit Gold- und Silbergirlanden, mit rosigen Äpfeln, Lebkuchenherzen und bunt bemaltem Spielzeug. Auf der Spitze prangte ein Stern, und jeder Zweig war mit einer Kerze besetzt, die Jan nun vorsichtig anzündete.

»Jetzt kannst du schauen«, rief er.

Sidi nahm die Hände von den Augen, kletterte aus dem Schlitten – und sah mitten im dunklen Winterwald den strahlenden Weihnachtsbaum, den Jan geschmückt hatte, damit ihr nichts entgehen sollte, was in ihrem Leben zum Weihnachtsfest gehörte.

»Oh«, sagte sie. »Oh, wie schön!«

Und dieser Augenblick war für sie Weihnachten, Weihnachten für immer, und die Besiegelung einer unvergänglichen Liebe.

Im folgenden Sommer verloren sie Abessinien. »Dieser Unhold Mussolini«, schrieb Sidi aus Berlin, weil sie wusste, wie hart es Jan getroffen haben musste, dass der Löwe von Juda jetzt im Exil lebte und auf einem englischen Rasen Krocket spielte.

»Das macht nichts«, schrieb der Junge zurück. »Wir werden nach Madagaskar gehen – oder vielleicht an die Goldküste.«

Aber als sie sich wieder sahen, sprachen sie weiter von Abessinien, denn es ist nicht einfach, ein Land des Herzens umzubenennen.

Sie wuchsen rasch heran. Der verlorene Ausdruck in Sidis Augen war nur noch selten zu sehen. Der Junge war ihr Geheimnis, ihr Stein der Weisen, ihr Talisman, der ihr half, die Verwirrungen und Enttäuschungen des Lebens zu überstehen. Und was Jan betraf, so hatten seine Lehrer und seine Eltern den Eindruck, dass es nichts gab, was er nicht konnte.

Im Herbst 1937 enthüllte eine kleine Schauspielerin, die Sybilla Bergers Rolle haben wollte, ein Geheimnis: dass der Vater von Frau Hoffmannsburg, ein blonder, liebenswürdiger Professor für Botanik an der Universität Tübingen, Jude war. Noch hatten die Massendeportationen nicht begonnen, aber Frau Hoffmannsburg verlor keine Zeit. Sie holte ihre Juwelen aus dem Safe und traf Vorbereitungen, um mit ihrem neuesten Liebhaber und ihrer Tochter (dies zum Teil, um ihren Mann zu ärgern) nach London abzureisen.

»Aber das können wir nicht machen! Das geht nicht!«, rief Sidi und brach in Tränen aus.

»Was ist denn mit dem Kind los?«, fragte Frau Hoffmannsburg.

Miss Hogg kettelte die Maschen für das Armloch eines Angorapullovers ab und schwieg.

Sie gingen nach London. Miss Hogg wurde entlassen und lebte bei einer Cousine in Berkshire. Als es ihr dort nach einem Vierteljahr zu langweilig wurde, nahm sie eine Stellung bei einer Familie in Neuseeland an. Sidi zog mit ihrer Mutter von einem Hotelzimmer in eine ihnen leihweise überlassene Wohnung und wieder in ein Hotel, sie schrieb ihre wechselnden Adressen in Großbuchstaben auf ihre

Briefe und ihre größte und einzige Sorge war, sie könnte den Kontakt zu Jan verlieren. Er schrieb tapfer und aufmunternd zurück. Er habe im benachbarten Marktflecken eine Schottin gefunden und lerne Englisch. Er lerne es schnell und sehr bald würde er kommen. »Und wo wir auch sind, Sidi, wohin es uns auch verschlägt«, schrieb er, inzwischen alt genug für Metaphern und Poesie, »wir werden immer Abessinien daraus machen.« Inzwischen fühlte sich Sybilla auf dem Karriereweg durch die Produzentenbetten durch ihre fast schon erwachsene Tochter gestört. Sie gab ihren Liebhaber auf, suchte sich einen reichen Gönner und schickte Sidi auf ein exklusives Internat in Kent.

Als Jans Brief dort eintraf, wurde Sidi ins Direktorat gerufen, wo man ihr mitteilte, dass Briefe von Jungen nicht erlaubt waren. Daraufhin schmuggelte Sidi ihre Briefe nach draußen und gab Jan die Adresse des Postamts im Dorf. Sie wurde ertappt und wieder zur Direktorin gerufen. Beim dritten Verstoß wurde Frau Hoffmannsburg informiert; man drohte, Sidi zu entlassen. Erst als Sybilla schwor, sie würde Jans Eltern die Hölle heiß machen, gab Sidi nach.

Ein halbes Jahr später marschierte Hitler in Polen ein – und die Wasser von Babylon schlugen über Sidis Haupt zusammen.

Miss Hogg hatte einen Platz auf den hinteren Bänken zugewiesen bekommen, vermutlich weil sie in den Augen der Diener zu den minderen Gästen zählte. Es war ihr nicht gelungen, nach der Anprobe mit Sidi in Ruhe eine Tasse Tee zu trinken, aber bevor Sidi von Sybilla weggeschleppt wurde, hatte sie ihr noch einmal zugerufen: »Hoggy, bitte, komm zur Hochzeit!«

Also war Miss Hogg gekommen. Sie saß in der blumengeschmückten Kapelle, die zum Landsitz von Sidis Stiefvater gehörte, und neben ihr sagte eine Dame in einer magentaroten Toque mit Schleier:

»Für Sybilla war es natürlich eine Riesenenttäuschung. Sie hatte so große Pläne mit Sidi.«

»Was passt ihr denn an dem jungen Mann nicht?«, fragte die andere Nachbarin, die ihren vorkriegszeitlichen Ascot-Hut mit Kirschen aufgefrischt hatte. »Er soll doch sehr klug sein und im Krieg bei einem wahnsinnig gefährlichen Spionageunternehmen mitgemacht haben.«

»Na ja, aber er ist trotzdem Ausländer und anscheinend ein absoluter Niemand.«

»Ein Ausländer? Mit einem Namen wie John West?«

»Oh, den hat er vom Geheimdienst bekommen. Das haben sie oft mit Juden und Polen und solchen Leuten gemacht, die hinter der Linie abgesetzt wurden. Die Nazis haben schreckliche Dinge mit ihnen gemacht, wenn sie gefangen wurden. Ich glaube, er wollte sogar seinen alten Namen wieder aufnehmen, aber seine Firma hat ihm geraten, es nicht zu tun.«

»Also, ich muss sagen, ich finde, er sieht sehr nett aus.«

Inzwischen hatte der Bräutigam die Altarstufen erreicht. Miss Hogg suchte nach ihrer Brille, gab es jedoch auf, als die Orgel einsetzte. Die Braut betrat die Kapelle und blieb kurz stehen, um ihrer einstigen Erzieherin strahlend und ein wenig verschmitzt zuzulächeln. Dann ging sie weiter zum Altar, wo der Junge auf sie wartete.

In diesem Augenblick weinte Miss Hogg. Aber irgendwo in den Wäldern von Abessinien hob ein sanfter Löwe mit goldenen Augen sein majestätisches Haupt … und brüllte.

Iwan Bunin

Der Schneemann

Um ein Uhr in der Nacht, im Winter, auf dem Lande, dringt aus den hinteren Räumen klägliches Kinderweinen ins Kabinett des alten Hauses. Das Haus, das Gut, das Dorf – alles schläft schon längst. Bis auf Chruschtschow – er leidet an Schlaflosigkeit. Es ist einer seiner kleinen Neffen, der da weint. Geistesabwesend legt Chruschtschow den Bleistift auf dem Tisch ab und lässt seine müden Augen auf den Kerzenflammen verweilen: Wie wunderschön das alles ist! Wahrhaftig, selbst an dem hellblauen Stearin und an den Kerzen kann man sich erfreuen!

Die Flammen, goldflirrende Spitzen über durchsichtigen, leuchtend blauen Dochten, flackern sachte, und das glänzende Blatt des großen französischen Buches blendet. Chruschtschow hält die Hand vor eine Kerze – die Finger werden durchsichtig, die Ränder der Handfläche schimmern rötlich. Augenblicklich vergisst er alles, was er gelesen und gedacht hat, und wie in der Kindheit kann er sich nicht sattsehen an der zarten, hellroten Flüssigkeit, durch die im Gegenlicht leuchtend sein eigenes Leben hindurchschimmert.

Das Weinen erklingt lauter – kläglich, flehend.

Chruschtschow steht auf und geht in Richtung des Kinderzimmers; seit Langem schon kann er nicht gleichgültig hören, wenn ein Kind weint. Er durchquert den dunklen Salon – matt schimmern darin das Gehänge des Kronleuchters und der Spiegel –, er durchquert das dunkle Diwanzimmer und den dunklen Saal, sieht durchs Fenster die Mondnacht draußen, die Tannen im Vorgarten und die blassweißen Schichten, die schwer auf den schwarz-grünen, langen pelzigen Zweigen lasten. Die Tür zum Kinderzimmer steht offen, als hauchfeiner Dunstschleier hängt darin das Mondlicht. Durch das breite, vorhanglose italienische Fenster blickt schlicht und friedlich der schneebeglänzte Hof herein. Bei der Tür schimmert etwas Dunkles am Boden – wie eine Tote liegt dort ein Mädchen, die Njanja. Bläulich-weiß leuchten die Kinderbetten. In dem einen schläft tief und fest Stassik, in dem anderen Lilja. Auch die Holzpferde schlafen, die weißblonde Puppe schläft, ihre runden Glasaugen verdreht, auf dem Rücken, und die Schachteln schlafen, die Kolja so eifrig sammelt. Er ist es auch, der aufgewacht ist – der Kleinste und Empfindlichste, mager, mit seinem großen Kopf und den großen braunen Augen … Was ist los?

Wie immer hat er sich plötzlich aufgerichtet, im Bett aufgesetzt und weint nun bitterlich, untröstlich. Er streckt dem Onkel die Ärmchen entgegen und schluchzt noch kläglicher, und dabei schläft er fest.

»Was ist denn los, liebes Kind?«, flüstert Chruschtschow, während er sich auf der Bettkante niederlässt, das Gesichtchen des Kindes mit einem Taschentuch abwischt und den schmächtigen kleinen Körper umfasst, der sich durch das Hemdchen so rührend anfühlt mit seinen zarten Knochen, der schmalen Brust und dem pochenden kleinen Herzen.

Er nimmt das Kind auf den Schoß, wiegt es und küsst es behutsam. Es schmiegt sich an ihn, bebend vor Schluchzen, und wird allmählich still ... Was ist es nur, was das Kind schon die dritte Nacht weckt?

Der Mond schlüpft hinter ein leichtes, weißes Gekräusel, das Mondlicht, das das Kinderzimmer erhellt, vergeht, verblasst, verlischt – und einen Augenblick später nimmt es wieder zu, breitet sich aus. Wieder erglänzen die Fensterbretter und die schrägen goldenen Quadrate am Boden. Chruschtschow lenkt seinen Blick vom Boden und vom Fensterbrett hin zum Rahmen, sieht den hellen Hof, und da fällt es ihm wieder ein: Das ist es – sie haben schon wieder vergessen, dieses weiße Untier zu zerstören, das die Kinder aus Schnee gebastelt und mitten auf dem Hof, gegenüber vom Fenster des Kinderzimmers, aufgestellt haben! Am Tag hat

Kolja eine ängstliche Freude daran – das Untier hat einen menschenähnlichen Rumpf, einen gehörnten Stierkopf und kurze, abgespreizte Arme –, aber nachts spürt er im Schlaf seine furchterregende Anwesenheit, setzt sich plötzlich im Bett auf und fängt, ohne richtig zu erwachen, bitterlich an zu weinen. Ja, dieser Schneemann ist wahrhaftig furchterregend, besonders wenn man ihn von Weitem, durch die Fensterscheiben betrachtet: Die Hörner glitzern, und vom Kopf und von den abgespreizten Armen fällt ein schwarzer Schatten in den grell leuchtenden Schnee. Aber wehe, wenn man versucht, ihn zu zerstören! Dann veranstalten die Kinder von morgens bis abends ein Geheul, obwohl er sowieso allmählich schmilzt: Bald wird es Frühling, die Strohdächer sind mittags nass und dampfen …

Chruschtschow legt das Kind behutsam auf das Kissen, schlägt das Kreuzzeichen über ihm und geht auf Zehenspitzen hinaus. Im Flur stülpt er sich den Wildlederhut über den Kopf, zieht die Wildlederjacke an, knöpft sie zu, reckt den schwarzen, schmalen Bart empor und überlegt: Zerstören oder nicht? Dann öffnet er die schwere Tür zum Windfang und geht über den knirschenden Pfad um die Ecke des Hauses. Der Mond steht niedrig über dem lichten Garten, der an manchen Stellen durch die weißen Schneewehen dringt, und leuchtet hell, aber blass und still, wie immer im März. Muschelschälchen von leichtem Wolkengekräusel ziehen hier und da über den Himmel. Leise blinken in der tiefen, klaren Bläue zwischen ihnen vereinzelte hellblaue Sterne. Eine feine Schicht Neuschnee hat den festen, alten Schnee überstäubt. Von der Banja im Garten mit ihrem gläsern funkelnden Dach kommt der Jagdhund Saliwka gelaufen. »Grüß dich«, sagt Chruschtschow in Gedanken. »Wir beiden sind die Einzigen, die diese Nacht nicht schlafen. Es ist schade zu schlafen, das Leben ist kurz, und erst spät begreift man, wie schön es ist …«

Er nähert sich dem Schneemann und zögert einen Moment. Dann tritt er entschlossen mit dem Fuß dagegen. Die Hörner fliegen hinunter, der Stierkopf stiebt in weißen Klumpen auseinander … Schön ist das Leben, zum Teufel mit allem, was einem die Freude daran vergällt! Noch ein Tritt – und zurück bleibt nur ein Haufen Schnee. Vom Mond beschienen, die Hände in den Taschen seiner Jacke vergraben, steht Chruschtschow lange davor und blickt auf das funkelnde Dach. Er neigt sein blasses Gesicht mit dem schwarzen Bart und dem großen Wildlederhut zur Schulter hin und versucht, die Schattierung dieses Funkelns zu erhaschen und zu bewahren. Jetzt müsste er ins Kabinett zurückkehren und einfach, einfach alles aufschreiben, was er soeben empfunden und gesehen hat …

Dann dreht er sich um und geht langsam über

den Pfad vom Haus zum Viehhof und zurück. Zu seinen Füßen läuft ein schräger Schatten über den Schnee. Als er die Schneewehen erreicht, bahnt er sich einen Weg zum Tor. Das Tor ist verriegelt, steht aber einen Spaltbreit offen. Er späht durch den Spalt, durch den scharf der Nordwind bläst. Voller Zärtlichkeit denkt er an Kolja, denkt daran, dass alles im Leben anrührend ist, sinnvoll und bedeutsam. Sehnsüchtig blickt er auf den Hof. Kalt ist es dort, aber behaglich. Unter den Vordächern ist es dämmrig. Grau schimmern die Schafe in der Ecke, die sich zu einem Haufen zusammengedrängt haben und im Stehen schlafen. Grau schimmern die schneebedeckten Vordergestelle der Wagen. Über dem Hof ist der dunkelblaue Himmel mit vereinzelten, großen Sternen. Die eine Hälfte des Hofs liegt im Schatten, die andere Hälfte ist hell erleuchtet. Die alten, struppigen weißen Pferde, die in diesem Licht dösen, sehen grün aus.

Anton Tschechow

Kleiner Scherz

Ein klarer Wintertag, um Mittag ... Der Frost ist stark, er klirrt, und Nadjenka, die sich an meinen Arm klammert, hat silbrigen Reif an den Schläfenlöckchen und Flaum über der Oberlippe. Wir stehen auf einem hohen Berg. Vor unseren Füßen bis hinab zur Erde erstreckt sich eine abschüssige Fläche, in der sich die Sonne betrachtet wie in einem Spiegel. An unserer Seite ein kleiner Schlitten, mit hellrotem Stoff ausgeschlagen.

»Fahren wir hinunter, Nade da Petrovna!«, bettle ich. »Nur ein Mal! Ich versichere Ihnen, wir kommen heil unten an.«

Aber Nadjenka hat Angst. Der gesamte Raum vor ihren kleinen Galoschen bis zum Ende des Eisbergs erscheint ihr als ein schrecklicher, unermesslich tiefer Abgrund. Es erstirbt ihr Denken, es verschlägt ihr den Atem, wenn sie nach unten blickt, wenn ich ihr nur vorschlage, sich in den Schlitten zu setzen, denn was wird geschehen, wenn sie es riskiert, in den Abgrund zu fliegen! Sterben wird sie, den Verstand verlieren.

»Ich flehe Sie an!«, sage ich. »Sie brauchen keine Angst zu haben! Begreifen Sie doch, das ist Kleinmut, ist Feigheit!«

Endlich gibt Nadjenka nach, und ich sehe in ihrem Gesicht, sie gibt nach, den Tod vor Augen. Ich setze sie, bleich, zitternd, in den Schlitten, umfasse sie mit einem Arm und stürze mich mit ihr in den Höllenschlund.

Der Schlitten fliegt wie eine Kugel. Die durchschnittene Luft schlägt ins Gesicht, heult, pfeift in den Ohren, kneift schmerzend vor Wut, will einem den Kopf von den Schultern reißen. Vor dem Ansturm des Windes lässt sich nicht atmen. Es scheint, als halte uns der Teufel leibhaftig in den Tatzen und zerre uns unter Geheul in die Hölle. Die Gegenstände ringsum verschwimmen zu einem langen, dahinrasenden Band … Noch einen Augenblick, und wir sind, so scheint es, verloren!

»Ich liebe Sie, Nadja!«, sage ich halblaut.

Dann fährt der Schlitten immer langsamer und langsamer, das Heulen des Windes und das Surren der Kufen sind nicht mehr so schrecklich, der Atem erstirbt nicht länger, und schließlich sind wir unten. Nadjenka ist mehr tot als lebendig. Sie ist bleich, atmet kaum … Ich helfe ihr beim Aufstehen.

»Noch einmal fahre ich um keinen Preis«, sagt sie und schaut mich mit großen, vor Entsetzen geweiteten Augen an. »Um nichts in der Welt! Ich wäre fast gestorben.«

Etwas später kommt sie zu sich und blickt mir bereits fragend in die Augen: Habe ich diese vier Worte gesagt, oder hat sie sie nur gehört im Brausen des Windes? Und ich stehe neben ihr, rauche und mustere eingehend meine Handschuhe.

Sie hakt sich bei mir unter, und wir gehen lange am Fuß des Berges spazieren. Das Rätsel lässt ihr, wie ich sehe, keine Ruhe. Sind diese Worte gesagt worden oder nicht? Ja oder nein? Das ist eine Frage der Eitelkeit, der Ehre, des Lebens, des Glücks, eine sehr wichtige Frage, die wichtigste auf Erden. Nadjenka schaut mir ungeduldig, traurig, mit forschendem Blick ins Gesicht, gibt unpassende Antworten, wartet, ob ich nicht beginnen würde zu sprechen. Oh, was für ein Spiel in diesem netten Gesicht, was für ein Spiel! Ich sehe, sie kämpft mit sich, sie muss etwas sagen, muss etwas fragen, aber sie findet nicht die Worte, ihr ist es peinlich, sie hat Angst, die Freude hindert sie …

»Wissen Sie was?«, sagt sie, ohne mich anzusehen.

»Was?«, frage ich.

»Lassen Sie uns noch einmal … rodeln.«

Wir steigen die Treppe hinauf auf den Berg. Wieder setze ich die bleiche, zitternde Nadja in den Schlitten, wieder fliegen wir in den schrecklichen Abgrund, wieder heult der Wind und surren die

Kufen, und wieder, im schnellsten und lautesten Moment des Fluges, sage ich halblaut:

»Ich liebe Sie, Nadjenka!«

Als der Schlitten anhält, lässt Nadjenka den Blick über den Berg schweifen, den wir eben heruntergerodelt sind, dann schaut sie mir lange ins Gesicht, horcht auf meine Stimme, die gleichgültig und leidenschaftslos ist, und ihr ganzer Körper, sogar ihr Muff, ihre Kapuze, ihre ganze kleine Gestalt drücken äußerstes Befremden aus. Und ins Gesicht geschrieben steht ihr:

»Was ist nur? Wer hat jene Worte gesprochen? War er es, oder hat es sich nur so angehört?«

Diese Ungewissheit beunruhigt sie, raubt ihr die Geduld. Das arme Mädchen antwortet nicht mehr auf Fragen, wird mürrisch, fängt gleich an zu weinen.

»Wollen wir nicht nach Hause gehen?«, frage ich.

»Mir … mir gefällt dieses Rodeln«, sagt sie, errötend. »Wollen wir nicht noch einmal fahren?«

Ihr »gefällt« dieses Rodeln, dabei ist sie, als sie sich in den Schlitten setzt, wie die vorigen Male bleich, atmet kaum und zittert vor Angst.

Wir fahren zum dritten Mal hinunter, und ich sehe, wie sie mir ins Gesicht blickt, meine Lippen beobachtet. Doch ich halte das Taschentuch an die Lippen, räuspere mich, und als wir die Hälfte des Berges hinter uns haben, gelingt es mir zu sagen:

»Ich liebe Sie, Nadja!«

Das Rätsel bleibt ein Rätsel! Nadjenka schweigt, denkt über etwas nach ... Ich begleite sie von der Rodelbahn nach Hause, sie bemüht sich, langsam zu gehen, verlangsamt den Schritt und wartet und wartet, ob ich ihr nicht jene Worte sage. Und ich sehe, wie sie leidet, wie sehr sie sich beherrscht, um nicht zu sagen:

»Der Wind kann sie nicht gesagt haben! Ich will auch nicht, dass der Wind sie gesagt hat!«

Am andern Tag bekomme ich morgens einen Zettel: *Wenn Sie heute rodeln gehen, holen Sie mich ab. N.* Und seit diesem Tage gehen Nadja und ich jeden Tag rodeln, und wenn wir auf dem Schlitten hinunterfliegen, sage ich jedes Mal halblaut dieselben Worte:

»Ich liebe Sie, Nadja!«

Bald gewöhnt sich Nadjenka an diesen Satz, wie an Alkohol oder Morphium. Sie kann ohne ihn nicht mehr leben. Zwar hat sie vor dem Fliegen nach wie vor Angst, doch inzwischen verleihen jene Worte von der Liebe der Angst und Gefahr einen besonderen Reiz, Worte, die nach wie vor ein Rätsel bleiben und das Herz schwer machen. In Verdacht stehen immer dieselben zwei: ich und der Wind ... Wer von beiden ihr die Liebe erklärt, weiß sie nicht, aber es ist ihr offenbar auch schon egal; egal ist, aus welchem Glas man trinkt, Hauptsache, man wird betrunken.

Eines Tages gehe ich um Mittag allein rodeln; in der Menge verloren sehe ich, wie Nadjenka zum Berg kommt, wie sie mit den Augen nach mir sucht ... Dann steigt sie schüchtern die Treppe hinauf ... Sie hat Angst, allein zu fahren, ach, welche Angst! Sie ist bleich wie der Schnee, zittert, sie geht wie zur eigenen Hinrichtung, aber geht, geht, ohne sich umzuschauen, entschlossen. Offenbar hat sie beschlossen, endlich die Probe zu machen: Werden diese wunderbaren süßen Worte auch zu hören sein, wenn ich nicht mitfahre? Ich sehe, wie sie, bleich, mit vor Schrecken geöffnetem Mund, sich in den Schlitten setzt, die Augen schließt, der Welt für immer Lebewohl sagt und sich abstößt ... »Ssss ...«, surren die Kufen. Ob Nadjenka die Worte hört, ich weiß es nicht ... Ich sehe nur, wie sie sich erschöpft und schwach vom Schlitten erhebt. Und ihrem Gesicht ist anzusehen, sie weiß selbst nicht, ob sie die Worte gehört hat oder nicht. Die Angst, während sie den Berg hinuntergefahren ist, hat sie der Fähigkeit beraubt, zu hören, Laute zu unterscheiden, zu verstehen ...

Da naht jedoch der Frühlingsmonat März ... Die Sonne beginnt zu liebkosen. Unser Eisberg dunkelt, verliert seinen Glanz, schließlich taut er auf. Wir können nicht mehr rodeln. Die arme Nadjenka wird nirgends mehr jene Worte hören, und es ist auch niemand mehr da, der sie sagen könnte, denn kein Wind ist zu spüren, und ich reise bald nach Petersburg – für lange Zeit, wahrscheinlich für immer.

Irgendwann vor der Abreise, ein, zwei Tage vorher, sitze ich bei Dämmerlicht im Garten, der von dem Hof, auf dem Nadjenka lebt, durch einen hohen Bretterzaun mit Nägeln getrennt ist ... Noch ist es ziemlich kalt, unter dem Mist liegt noch der Schnee, die Bäume sind tot, doch es riecht schon nach Frühling, und beim Aufsuchen ihres Nachtlagers krächzen laut die Krähen. Ich trete an den Zaun und schaue lange durch einen Spalt. Ich sehe, wie Nadjenka auf die Freitreppe heraustritt und einen kummervollen, sehnsüchtigen Blick zum Himmel richtet ... Der Frühlingswind bläst ihr direkt ins bleiche, bedrückte Gesicht ... Er erinnert sie an den Wind, der uns damals auf dem Berg entgegenheulte, als sie jene vier Worte hörte, und ihr Gesicht wird traurig, so traurig, über die Wange rollt eine Träne ... Und das bleiche Mädchen streckt beide Arme aus, wie um den Wind zu bitten, ihr noch einmal jene Worte zuzutragen. Und ich warte einen Windstoß ab und sage halblaut:

»Ich liebe Sie, Nadja!«

Mein Gott, was geschieht da mit Nadjenka? Sie schreit auf, lächelt, strahlt über das ganze Gesicht und streckt dem Wind die Arme entgegen, voller Freude, glücklich und so schön.

Und ich gehe packen …

Das alles ist lange her. Heute ist Nadjenka verheiratet; ob man sie verheiratet hat oder ob sie selbst gewählt hat – es ist der Sekretär am Vormundschaftsgericht, und sie hat heute drei Kinder. Dass wir damals zusammen rodeln gingen und ihr der Wind die Worte zutrug: »Ich liebe Sie, Nadjenka«, ist nicht vergessen; für sie ist das heute die glücklichste, die anrührendste und schönste Erinnerung ihres Lebens …

Und ich kann heute, da ich älter bin, nicht mehr begreifen, warum ich jene Worte gesagt habe, wozu ich mir diesen Scherz erlaubt habe …

Laurie Lee

Winter

Natürlich erschienen mir die Jahreszeiten meiner Kindheit so heftig, so intensiv und eigentümlich, dass ich sie seitdem als Sinnbild der Vollkommenheit vor Augen habe, sobald die Sprache darauf kommt. Sie hatten uns fest im Griff; die Wechsel waren beinahe so drastisch, als würde man die Nationalität wechseln, und wenn ich heute an das Tal zurückdenke, ist es nie nur ein Ort, den ich vor mir sehe, sondern Das-Dorf-im-Winter und Das-Dorf-im-Sommer, beide für sich. In der Stadt ist es zunehmend leichter geworden, ihre jeweiligen Extreme zu ignorieren, doch damals bestimmten Winter und Sommer unsere Aktivitäten, drangen in die Häuser ein, beherrschten das Denken und unsere Spiele und regelten unser Leben.

Der Winter war keineswegs typischer für unser Dorf als der Sommer. Er war auch nicht einfach das Gegenteil von Sommer, sondern etwas von Grund auf anderes. Und irgendwie erinnerte man sich nie an die Reise dorthin, sondern kam an, und der

Winter war da. Eines Tages hatten sich aus heiterem Himmel alle Einzelheiten verändert, und man musste das Dorf ganz neu entdecken. Die Nase war taub, das Luftholen schmerzte, und auf der Fensterscheibe bildeten sich Eisblumen. Das Haus war von einem leuchtenden grünen Polarlicht erfüllt, während draußen – in der unsichtbaren Welt – eine seltsam durchdringende Stille herrschte, unterbrochen nur von metallischem Knirschen oder dem zarten Beben der Zweige und Drähte.

An einem solchen Morgen war die Küche voller Dampfwolken, die aus Kesseln und Töpfen quollen. Die Pumpe hinter dem Haus war mal wieder eingefroren und klirrte wie zerbrochenes Geschirr, deshalb schlugen die Mädchen Eiszapfen vom Giebel des Hauses, und wir tranken Tee aus gekochtem Eis.

»Es ist schlimm«, sagte Mutter. »Die armen, armen Vögel.« Und dann schlug sie kräftig mit den Armen.

Die Mädchen und sie mummelten sich ein mit allem, was sie hatten, Mänteln, Schals und Handschuhen; die eine schlotterte vor Kälte, der anderen tropfte die Nase, und die arme kleine Phyllis schaukelte auf ihrem Stuhl hin und her und hielt ihre Frostbeulen fest, als wäre es eine Handvoll Bienen.

Dann hörte man auf dem Gartenpfad ein metallisches Scheppern, und der Milchmann stieß die

Tür auf. Die Milch in seinem Eimer war hart gefroren. Er musste mit einem Hammer Stücke davon losschlagen.

»Man holt sich den Tod da draußen«, sagte der Milchmann. »Die Krähen ärgern die Schafe. Die Schwäne sind im See eingefroren, und die Meisen fallen tot vom Himmel …« Er trank Tee, bis seine Brauen wieder aufgetaut waren, gab Dorothy einen Klaps auf das Hinterteil und ging wieder.

»Die armen, armen Vögel«, sagte Mutter noch einmal.

Sie hüpften auf dem Fensterbrett herum und bettelten um Brotkrumen und Fett – Rotkehlchen, Amseln, Spechte und Häher, die ich noch nie alle auf einem Haufen gesehen hatte. Wir fütterten sie eine Weile, staunten darüber, wie zutraulich sie waren, und dann wickelten wir uns unsere langen Wollschals um den Hals.

»Dürfen wir raus, Mutter?«

»Ja, aber passt auf, dass ihr euch nicht erkältet. Und denkt daran, Holz mitzubringen.«

Zuerst suchten wir ein paar alte Kakaodosen, bohrten Löcher hinein und stopften sie mit schwelenden Stofffetzen aus. Wenn man die Hände darumlegte und gelegentlich daraufblies, blieben sie mehrere Stunden heiß. Sie waren wärmer als Handschuhe und rochen auch besser. Auf alle Fälle trugen wir niemals Handschuhe. Dermaßen ausgerüstet und von einem warmen Frühstück gestärkt, traten wir hinaus in die Winterwelt.

Es war ein Reich aus Kristall, funkelnd und reglos. Raureif schmückte die Bäume; es sah aus, als wären sie mit Puderzucker bestäubt. Alles war starr, verschlossen und versiegelt, und wenn wir die Luft einsogen, roch sie nach Nadeln und stach uns in die Nase, bis wir niesen mussten.

Wir lutschten ein paar Eiszapfen, traten gegen die Regentonne – nur um den dumpfen Klang zu hören – und hauchten ein Loch in die Eisblumen am Fenster, dann rannten wir hinauf zur Straße. Dort lungerten wir herum und warteten, dass irgendwas passierte. Ein Hund trottete vorbei wie ein Geist in einer Wolke, umwabert von der Aura seines Atems. Die fernen Felder in der tief stehenden, schwachen Sonne waren rissig wie Austernschalen.

Bald gesellten sich weitere Freunde zu uns, dick vermummt wie Russen, mit unterschiedlich gefärbten Nasen. Wir standen im Kreis herum, keuchten uns gegenseitig etwas vor und warteten, dass jemand auf eine Idee kam, was wir machen könnten. Die dünnen Jungen waren blau vor Kälte, hatten die Schultern hochgezogen, die Hände in den Taschen vergraben, und fröstelten. Die dicken Jungen waren rosig und schnauften wie Wale. Allen tränten die Augen. Was sollten wir machen? Wir wussten es nicht. Also fingen die Dicken an, auf die Dünnen einzuschlagen; die krümmten sich und riefen: »Leck mich am Arsch!« Dann schlugen die Dünnen auf die Dicken ein, die vor lauter Husten beinahe gestorben wären. Am Ende hüpften wir alle eine Weile von einem Bein aufs andere, schlugen mit den Armen und bliesen in unsere Kakaodosen.

»Und was machen wir jetzt?«

Alle verstummten, um nachzudenken. Ein erbärmlich hagerer Junge sog mit gefletschten Zähnen den Wind ein. »Hü!«, rief er plötzlich, sprang wiehernd in die Luft und zog sich mit der imaginären Gerte eins über. Wie auf Kommando galoppierten wir alle die Straße hinab, buckelnd und schnaubend, zerrten an unsichtbaren Zügeln und droschen auf unsere Hinterteile ein.

Jetzt hatten wir den Wintertag in Gang gesetzt und ritten durch sein funkelndes Reich. Wir durchkämmten das Dorf nach monströsen Auswüchsen des Frosts, auf der Suche nach etwas, das wir gebrauchen konnten. Wir sahen den eingefrorenen Brunnen am Straßenrand, wie eine riesengroße geschwollene Blüte. Die Bachstelzen schwebten darüber, verwundert über seine lautlose Starre, stießen immer wieder zum Trinken nieder und prallten in einer Wolke von Federn dagegen. Wir sahen den Fluss im Tal, schwarz und gläsern, wie ein geteerter Pfad, der sich durch den Wald schlängelte. Wir sahen Bäume, die unter der Last des Eises umgekippt waren, Spuren von Rinderhufen, so groß wie Schlaglöcher im Stein, ruhige Schafherden, die mit schwarzen, wunden Zungen an stacheligen Grashalmen leckten. Die Kirchturmuhr war stehen geblieben und der Wetterhahn eingefroren, sodass Zeit und Wind angehalten waren. In unseren Augen konnte es nichts Aufregenderes geben: das Eingreifen einer fremden Macht, das Nein des Winters zum normalen Gang und den gewohnten Gesetzen des Lebens – düster, ehrfurchtgebietend, willkommen.

»Gehen wir zu Bauer Wells und helfen ihm«, schlug ein dicker Junge vor.

»Ohne mich«, sagte ein dünner.

»Wenn du nicht mitkommst, kannst du was erleben!«

»Blöder Angeber!«

»Ich bin kein Angeber!«

»Bist du wohl!«

So gingen wir zum Hof am Rand des Dorfes, der aus den Resten einer längst verschwundenen Abtei entstanden war. Bauer Wells hatte einen kranken kleinen Sohn, zarter als ein Mädchen. Der Junge winkte uns vom Fenster aus zu, als wir in den Hof stapften; er sollte das Ende des Winters nicht mehr erleben. Der Boden im Hof war braun und hart, mit Raureif bedeckt wie ein frisch gebackener Brotpudding. Aus den Ställen drang das Klirren der Ketten und das Scheppern der Melkeimer, das tiefe

Schnaufen einer Kuh, stolpernde Hufe und stetiges Mampfen.

»Brauchen Sie Hilfe, Mr Wells?«, fragten wir.

Er trug ein Joch mit zwei Eimern, als er durch den Hof kam, und seine Kleider waren wie üblich voller Mist. Mr Wells war klein und kahlköpfig, hatte jedoch lange, schlenkernde Arme, die aussahen, als wären sie von der schweren Arbeit ausgeleiert.

»Na schön, kommt mit«, sagte er. »Aber macht mir keine Dummheiten …«

Im Innern des Kuhstalls war es verlockend warm, und es roch süß nach Milch, nach atmendem Fell, nach grünen Kuhfladen und Eutern, nach Dampf und Gärung. Wir schleppten Heuballen aus dem Schober heran, eng zusammengepresst wie Tabak, in denen sich saftige Gräser und wilde Blumen gehalten hatten. Ein ganzer Sommer, duftend in unseren Armen.

Ich nahm einen Eimer mit Milch, um das Kalb zu füttern, und öffnete sein Maul wie eine heiße, feuchte Orchidee. Es saugte an meinen Fingern, stieß gurgelnde Laute aus und schlug seine langen Wimpern auf. Die Milch war entrahmt worden, um Butter zu machen, und das Kalb bekam davon einen Eimer pro Tag. Wir tranken sie zu Hause manchmal auch; Mr Wells verkaufte sie für einen Penny den Krug.

Als wir mit Füttern fertig waren, bekamen wir

jeder eine Handvoll Äpfel und eine gebackene Kartoffel. Die Äpfel waren so kalt, dass die Zähne schmerzten, wenn man hineinbiss, die Kartoffeln aber waren heiß und gebuttert. Wir machten eine Mahlzeit daraus und zogen wieder ab, zurück ins Dorf, wo wir dem fiesen Walter Kerry über den Weg liefen.

»Soll ich euch was erzählen?«

»Was denn?«

»Sag ich nicht.«

Er pfiff ein bisschen vor sich hin und stocherte sich mit dem Finger in den Ohren. Er gab sein Wissen immer nur häppchenweise preis.

»Also wenn ihr's unbedingt wissen wollt, könnt ich ja …«

Wir warteten, ein zitterndes Häuflein kleiner Jungs.

»Dem Jones sein Teich hält«, sagte er schließlich. »Ich bin schon den ganzen Morgen drauf geschlittert. Jede Menge Leute sind da, mit Pferden, Karren, Schlittschuhn und allem.«

Wir rasten los, über die gefrorene Straße, mit erhitzten Wangen und ausgestellten Ellbogen.

»Vergesst nich, dass ich es euch erzählt hab. Ich war als Erster da. Und nach mei'm Tee komm ich wieder.«

Wir ließen ihn in der niedrigen, rosafarbenen Sonne stehen, klein wie eine kranke Rose, stachelig, dornig, ein Ding zum Fürchten, dem man nur mit einer Schere nahe kommen durfte.

Wir konnten den Teich hören, als wir den Hügel hinabrannten, ein Geschrei, wie es nur am Wasser entstehen kann, das Knirschen der Schlittschuhe, den Klang des Eises, sein hohles, auf und ab schwellendes Grummeln. Dann sahen wir ihn, schwarz und flach, ein Tablett, auf dem die Schlittschuhfahrer hin und her rollten wie Murmeln. Wir stürzten uns mit wildem Geschrei darauf und stoben in alle Richtungen durcheinander. Diese magische Substanz mit ihren trügerischen Gaben war etwas, das ich nie beherrschen lernte. Sie heftete mir Flügel an die Fersen und schenkte mir die Beweglichkeit eines Götterboten, doch im nächsten Augenblick lag ich auf der Nase. Sie hatte ihre Protegés, allerdings nicht diejenigen, von denen man es gedacht hätte, sondern ausgerechnet die Trampeltiere aus der Schule, die auf einem Bein, das andere in die Luft gestreckt, wie Mauersegler an mir vorbeisausten und affektiert grinsend Pirouetten drehten, ohne ein einziges Mal hinzufallen – im Unterschied zu anderen.

Ich gehörte zu den Fußgängern. Wir bauten über die blank polierte Dunkelheit eine Rutschbahn, so glatt, dass man beim ersten Schritt ins Schlittern kam und das Tal an einem vorbeiglitt wie Öl. Man konnte sich flach hinlegen und versuchen, auf dem

Eis zu schwimmen, indem man mit Armen und Beinen strampelte. In dieser Position sah man tief unter sich kleine Blasen wie kalte grüne Sterne, bedrohlich klaffende Risse, verschlungene Reste abgestorbener Wasserlilien und ertrunkene Rohrkolben, aufgebläht wie Raketen.

An einem solchen Winterabend war der gefrorene Teich das Zentrum unseres Vergnügens. Die Zeit war aufgehoben, eine fast sexuelle Erregung hatte uns gepackt, und wir spielten bis zur Erschöpfung. Wir rannten und schlitterten, bis wir in Schweiß gebadet waren und sich der Atem als Tröpfchen auf unseren Schals absetzte. Schilfgräser und Schachtelhalme am Rand des Teichs rochen so durchdringend wie die Finger eines alten Mannes. Die herabhängenden Zweige der Weiden waren im Eis gefangen und leuchteten fliederfarben in der untergehenden Sonne auf. Dann ging der eisige Mond zwischen den rabenschwarzen Bäumen auf, und wir wussten, dass wir das Spielen überzogen hatten.

Wir hatten Mutter versprochen, Holz zu sammeln. Im Winter gehörte das zu unseren täglichen Pflichten. Jack und ich schlenderten mit in den Taschen vergrabenen Händen stumm die Chaussee entlang; jetzt war es Nacht, und wir hatten Angst. Der Buchenhain kam uns vor wie eine Höhle aus Mondschein und Schatten, und wir blieben dicht beieinander.

Die toten Äste auf dem Boden waren leicht zu erkennen, denn sie funkelten im frischen Nachtfrost. Als wir sie aus dem Boden zogen, bedeckt von Erde und Laub, brannten unsere Hände vor Kälte. Der Wald war weiß, still und hart gefroren. Es roch nach Wölfen. Dies war eine Nacht, wie verirrte Jäger der Eiszeit sie erlebt haben mochten, als sie zum ersten Mal Richtung Norden vorstießen. Wir dachten an Höhlen, warme Pelze und Feuer, sammelten unser Brennholz und liefen nach Hause.

Dann hieß es: »Wo-wart-ihr-denn-bloß-so-lange?«, »Ach-herrje!«, »Macht-nichts« und »Kommt-ans-Feuer-ihr-seid-ja-halb-erfroren!« Was für eine Tortur, bis unsere Hände langsam wieder aufgetaut waren, was für stille Qualen, bis das Blut wieder in Gang kam. Schlimmer als Zahnschmerzen. Ich saß schluchzend da, doch nach und nach ließ der Schmerz nach. Dann gab es heißen Tee, frisch geröstetes Brot, von dem die Butter tropfte, und später kamen unsere Schwestern nach Hause.

»Es war lebensgefährlich in Stroud. Zwei Mal bin ich hingefallen – auf der High Street – und habe mir dabei die Strümpfe zerrissen. Bestimmt konnte man mir bis wer weiß wohin gucken! Es war furchtbar, Ma! Ein Pferd ist ins Schaufenster von Maypole gefallen. Und der alte Mr Fowler kam den Hügel nicht hinab und musste auf dem Hosenboden runterrutschen. Der Frost ist schlimmer als je zuvor! Morgen kann bestimmt keiner vor die Tür.«

Sie saßen beim Tee, und das Auf und Ab ihrer erregten Stimmen hörte gar nicht mehr auf. Wir Jungs waren zufrieden mit der Gewissheit, dass der Winter nun da war, der echte Winter, mit seinen neuen Beschäftigungsmöglichkeiten …

Später, als Weihnachten näher rückte, lag der Schnee so hoch, dass die Straßen die Höhe der Hecken erreichten. Es gab tonnenweise von dem herrlichen Zeug, verformbar, rein, zu allem Möglichen nutzbar, und es gehörte niemandem. Man konnte Iglus damit bauen oder Tunnel graben, man konnte es essen oder durch die Gegend werfen. Schnee bedeckte die Hügel und schnitt die Dörfer vom Rest der Welt ab, doch damals dachte kein Mensch an Rettungsaktionen, denn es gab Heu in den Scheunen und Mehl in den Vorratskammern, die Frauen backten Brot, das Vieh wurde gefüttert und hatte seinen schützenden Stall – es war schließlich nicht das erste Mal, dass wir eingeschneit waren.

In der Woche vor Weihnachten, als der Schnee seinen Höchststand erreichte, kam der Tag, an dem wir die Runde machten und Weihnachtslieder sangen. Wenn ich an diese Nächte zurückdenke, höre ich heute noch das Knirschen des Schnees und sehe das Licht der Laternen darauf glitzern. Weihnachtslieder zu singen war in meinem Dorf ein Privileg der Jungen; Mädchen hatten nicht viel damit zu tun. Wie das Heumachen, Brombeersammeln, Steinewegräumen und Frohe-Ostern-Wünschen war es einer der Höhepunkte des Jahres für uns.

Instinktiv wussten wir, wann der richtige Zeitpunkt dafür gekommen war. Ein Tag zu früh, und wir wären nicht willkommen gewesen, ein Tag zu spät, und wir hätten nur noch leere Blicke von den Leuten geerntet, die ihre Schätze bereits verteilt hatten. Doch kam der rechte Augenblick, in dem alles zusammenpasste, erkannten wir ihn und waren bereit.

Nachdem wir das Holz in den Backofen gestapelt hatten, wo es für das Feuer am nächsten Morgen trocknen konnte, wickelten wir uns unsere Schals um. Dann zogen wir durch die Straßen und riefen durch die zusammengelegten Hände nach den anderen Jungs, die das Signal kannten und rasch aus den Häusern kamen, um sich uns anzuschließen.

Einer nach dem anderen stolperten sie durch den Schnee, schwangen die Laternen um die Köpfe, riefen und husteten sich die Lunge aus dem Hals.

»Kommt ihr mit zum Weihnachtssingen?«

Wir waren der Kirchenchor, daher war eine Antwort überflüssig. Ein ganzes Jahr lang hatten wir misstönend den Herrn gelobt, und als Belohnung für unsere Dienste durften wir jetzt nicht nur den alljährlichen Ausflug machen, sondern hatten jetzt das Recht, alle großen Häuser aufzusuchen, unsere Lieder zu singen und unseren Tribut in Empfang zu nehmen.

Sie alle abzuklappern war gleichbedeutend mit einem Marsch von fünf Meilen durch unwegsames und größtenteils verschneites Gebiet. Als Erstes planten wir daher immer die Route, eine reine Formsache, da sie sich niemals veränderte. Trotzdem bliesen wir uns in die Hände und debattierten, und anschließend wählten wir unseren Anführer. Diese Wahl war allerdings keineswegs bindend, da wir uns alle Anführerqualitäten zutrauten, sodass derjenige, der in dieser Position gestartet war, normalerweise mit blutiger Nase nach Hause zurückkehrte.

An diesem Abend waren wir zu acht: Sixpence, der Spanner, der in seinem ganzen Leben noch nicht gesungen hatte (in der Kirche bewegte er nur die Lippen), die Brüder Horace und Boney, die regelmäßig Streit anfingen und jedes Mal den Kürzeren zogen, Clergy Green, die spinnerte Quasselstrippe, Walt, der Fiesling, meine beiden Brüder und ich. Als wir die Straße entlanggingen, waren andere Jungs aus anderen Dörfern schon unterwegs, grölten »Kingwenslush« und riefen durchs Schlüsselloch: »Die Klopfer, sie hämmern, die Schellen, sie klingen; für nur einen Penny werden wir singen.« Sie waren keine anerkannten Almosensammler wie wir, die Mitglieder des Chors, aber Konkurrenz gab es überall.

Als Erstes besuchten wir wie immer das Haus des Squire, wo wir nervös die Auffahrt hinaufmarschierten. An Schnüren hängende Marmeladengläser mit brennenden Kerzen erleuchteten uns den Weg und warfen ein schwaches Licht auf die hohen Schneewälle zu beiden Seiten des Weges. Ein Schneesturm tobte, doch wir waren dick eingepackt, mit Wickelgamaschen aus der Armee um den Beinen, Wollmützen auf dem Kopf und mehreren Schals um den Hals.

Während wir über die stillen weißen Rasenflächen auf das Große Haus zugingen, verfielen auch wir in ehrfürchtiges Schweigen. Der gefrorene Teich neben dem Haus war schwarz, der Wasserfall starr und reglos. Wir stellten uns scharrend und trampelnd vor dem großen Portal auf, klopften und meldeten uns an.

Ein Hausmädchen überbrachte die Nachricht von unserer Ankunft in das widerhallende Innere des Hauses. Während wir warteten, räusperten wir uns geräuschvoll. Dann kam das Mädchen wieder, die Tür blieb einen Spalt für uns geöffnet, und man forderte uns auf zu beginnen. Notenblätter brauchten wir nicht, denn wir kannten die Weihnachtslieder auswendig. »Singen wir zuerst ›Wilde Hirten‹«, schlug Jack vor. Der Anfang war schwer,

Tonarten, Texte und Tempi gerieten durcheinander, doch dann fingen wir uns. Derjenige, der am lautesten sang, riss die anderen mit, und so nahm das Lied nach und nach eine vage, ja, beschwingte Gestalt an.

Dieses riesige Steinhaus mit seinen efeubewachsenen Mauern blieb uns immer ein Geheimnis. Was verbarg sich hinter den Giebeln, in den Zimmern und Dachstuben, hinter den von Zedern versteckten schmalen Fenstern? Während wir »Wilde Hirten« sangen, verrenkten wir uns den Hals und spähten in die von Lampen beleuchtete Diele, die wir noch nie betreten hatten, bestaunten die Musketen und leeren Stühle, die großen, verstaubten Wandbehänge – bis wir plötzlich den alten Squire selbst entdeckten, der auf der Treppe stand, den Kopf auf die Seite gelegt, und lauschte.

Er rührte sich nicht, bis wir fertig waren, dann kam er langsam und unsicher auf uns zu, ließ mit zittriger Hand zwei Münzen in unsere Büchse fallen und kritzelte seinen Namen in das Buch, das wir mitgebracht hatten. Am Ende wanderte der Blick seiner feuchten, halb blinden Augen über jeden Einzelnen von uns, bevor er sich wortlos abwandte.

Wie von einem Bann befreit, machten wir ein paar gesetzte Schritte und rannten dann um die Wette zum Tor. Erst als wir das Grundstück verlassen hatten, hielten wir an. Da wir es kaum erwarten konnten, zu erfahren, wie groß seine Spende gewesen war, kauerten wir uns vor die Kuhställe, hielten unsere Laternen über das Buch und sahen, dass er *Zwei Shilling* geschrieben hatte. Das war ein guter Anfang. Niemand im Umkreis, der etwas auf sich hielt, würde es wagen, uns weniger zu geben als der Squire.

So zogen wir mit den ersten Münzen in der Büchse weiter durch das Tal und verspotteten uns gegenseitig für unsere Gesangskünste. Mit gestärktem Selbstbewusstsein hielten wir uns vor Augen, welches unsere Qualitäten waren und welche Lieder am besten zu uns passten. Walt war der Ansicht, dass Horace am besten den Mund hielt, weil er schon im Stimmbruch war. Horace stritt das ab, und es kam zu einer beiläufigen Rangelei im Gehen, wobei die beiden Kontrahenten mit ihren Tritten jede Menge Schnee in die Luft wirbelten, doch bald vergaßen sie ihren Streit, und Horace sang weiter mit.

So stapften wir durch das langgezogene Tal, von Haus zu Haus, und besuchten die feinen Leute ebenso wie die gewöhnlicheren Dorfbewohner – Gutsbesitzer, Ärzte, Kaufleute, Amtsträger und andere Vertreter der Öffentlichkeit. Es war eisig, und obendrein blies ein scharfer Wind, doch spürten wir die Kälte gar nicht. Der Schnee flog uns ins Gesicht, in Augen und Mund, durchnässte unsere Gamaschen, geriet ins Innere der Stiefel und tropfte von den Wollmützen, aber das war uns egal. Die Sammelbüchse wurde schwerer und die Liste der Namen in unserem Buch länger und großzügiger, denn jeder versuchte, den anderen zu übertrumpfen.

So stemmten wir uns Meile um Meile gegen den Wind, plumpsten in Schneewehen und orientierten uns an den Lichtern der Häuser. Doch unsere Zuhörer blieben unsichtbar. Wir klopften an eine Tür nach der anderen; wir sangen in Höfen und unter Vordächern, vor Fenstern oder im feuchten trüben Licht einer Diele; wir hörten Stimmen aus verborgenen Zimmern, wir rochen teure Kleider und fremde, dampfende Speisen, wir sahen Hausmädchen, die Schüsseln hineintrugen oder mit leeren Kaffeetassen herauskamen, man schenkte uns Nüsse, Kuchen, Feigen, kandierten Ingwer, Datteln, Hustentropfen und Geld, doch wir sahen unsere Gönner kein einziges Mal. Wir sangen sozusagen gegen die Wand, und abgesehen vom Squire, der sich nur gezeigt hatte, um zu beweisen, dass er noch lebte, erwarteten wir auch nichts anderes.

Je später es wurde, umso mehr Probleme bekamen wir mit Boney. »Noël« beispielsweise hatte eine ansteigende Melodie, die Boney unbedingt mitsingen wollte, und zwar einen Halbton zu tief. Die anderen verboten ihm, sie überhaupt mitzusingen, und Boney drohte damit, uns alle zu verprügeln. Doch nach einer Weile besann er sich, erklärte, dass wir recht hätten, und verschwand. Er machte einfach kehrt und stapfte durch den Schnee davon, ohne auf unsere Rufe zu reagieren. Als wir viel später ziemlich weit oben im Tal waren, sagte einer: »Hört mal!«, und wir blieben stehen, um zu lauschen. In weiter Ferne, jenseits der Felder, hörten wir eine schwache Stimme aus dem Dorf, die »Noël« sang, und zwar krumm und schief. Es war Boney, der sich selbständig gemacht hatte.

Wir gingen auf das letzte Haus ganz oben auf einem Hügel zu, wo ein Bauer namens Josef wohnte. Für ihn hatten wir uns ein Lied ausgesucht, das von dem anderen Josef handelte und uns das Gefühl vermittelte, der Nacht eine besondere, erfrischend pikante Note hinzuzufügen. Das letzte Stück bis zu seinem Hof war vermutlich das schwierigste von allen. Auf diesen holprigen, kahlen Feldwegen, die allen Winden offen standen, wurden Schafe unter den Schneewehen begraben, und Pferdewagen verirrten sich. Dicht hintereinander gedrängt traten wir in die Fußstapfen des Vordermanns, ein staubfeiner Schnee wehte in unsere zusammengekniffenen Augen, die Kerzen brannten niedrig, manche waren sogar schon erloschen, und wenn wir miteinander reden wollten, mussten wir gegen das Heulen des Windes anschreien.

Am Ende überquerten wir den gefrorenen Bach – im Sommer drehte sich das Mühlrad noch immer, obwohl die Mühle schon lange nicht mehr in Betrieb war – und kletterten hinauf zu Josefs Hof. Immer wirkte das Gebäude anheimelnd im Schutz der Bäume, warm inmitten all des Schnees. Wie jedes Jahr war es spät, und wie immer war es unser letzter Besuch. Die verschneite Landschaft war jetzt mit einer feinen Kruste bedeckt, und die alten Bäume glitzerten, als hätte sie jemand mit Lametta geschmückt.

Wir stellten uns rings um das Vordach auf. Die Wolken am Himmel waren aufgerissen und gaben den Blick auf breite Sternenbänder frei, die sich über das Tal und bis nach Wales zogen. Auf seinen weißen Hängen konnte man durch die dunklen Stämme des Waldes noch einige helle Lampen rötlich in den Fenstern schimmern sehen.

Alles war still, man hörte nur die feine, knisternde Stille der Winternacht. Dann fingen wir an zu singen, alle zutiefst bewegt von den Worten und der plötzlichen Sicherheit unserer Stimmen. Rein, klar und atemlos sangen wir:

Da liegt es, das Kindlein auf Heu und auf Stroh;
Maria und Josef betrachten es froh;
die redlichen Hirten knien betend davor,
hoch oben schwebt jubelnd der Engelein Chor.

O beugt wie die Hirten anbetend die Knie,
erhebet die Hände und danket wie sie;
stimmt freudig, ihr Kinder, wer wollt sich nicht freun?,
stimmt freudig zum Jubeln der Engel mit ein!

Und zweitausend Jahre Weihnachten wurden in diesem Moment für uns wahr, das Heu, das Stroh, die redlichen Hirten sahen wir; die Sterne leuchteten, um die Engel durch den Schnee zu geleiten, und auf der anderen Seite des Hofs hörten wir die Tiere im Stall. Man beschenkte uns mit Bratäpfeln und heißen Fleischpasteten, es duftete nach Myrrhe, und in unserer Büchse gab es goldene Geschenke für alle, als wir ins Dorf zurückkehrten.

Arthur Conan Doyle

Ein Alpenpass auf Skiern

Eigentlich macht ein Paar Skier keinen besonders bösartigen Eindruck. Zwei Bretter aus Ulmenholz, acht Fuß lang, vier Zoll breit, hinten eckig, vorn mit aufgestülpten Zehen, und mit Riemen in der Mitte, um Ihre Füße festzubinden. Niemand, der sie sieht, würde ahnen, dass sie es in sich haben. Aber ziehen Sie sie nur an und drehen sich mit einem Lächeln um, um zu sehen, ob Ihre Freunde Ihnen auch zuschauen, und im nächsten Moment bohrt sich Ihr Kopf wie verrückt in eine Schneewehe, Sie strampeln wild mit beiden Füßen und erheben sich halb wieder, nur um noch einmal bösartig in die Schneewehe zu fallen, und Ihre Freunde werden besser unterhalten, als sie es Ihnen je zugetraut hätten.

So ist es, wenn man Anfänger ist. Dann rechnen Sie natürlich mit Schwierigkeiten, und Sie werden nicht enttäuscht. Aber je mehr Fortschritte Sie machen, desto ärgerlicher wird die Sache. Skier sind das Launenhafteste, was es auf der Welt gibt. An einem

Tag kann man mit ihnen nichts falsch machen, an einem anderen, bei gleichem Wetter und gleichem Schnee, macht man nichts richtig. Und genau dann, wenn man es am wenigsten erwartet, passiert etwas. Man steht auf dem höchsten Punkt eines Abhangs und macht sich für eine rasante Abfahrt bereit, aber die Skier bleiben unbeweglich, und man kippt mit dem Gesicht vornüber. Oder Sie stehen auf einem Plateau, das Ihnen so eben wie ein Billardtisch vorkommt, und binnen eines Augenblicks, ohne Anlass oder Vorwarnung, schießen die Dinger davon, und Sie bleiben zurück und starren in den Himmel. Für einen Menschen, der unter zu viel Würde leidet, hätte ein Kurs in norwegischen Schneeschuhen eine gute moralische Wirkung.

Immer, wenn man sich auf einen Sturz vorbereitet, bleibt er aus. Immer, wenn man sich absolut sicher wähnt, ist es mit einem vorbei. Sie kommen an einen harten Eishang in einem Winkel von fünfundsiebzig Grad und fahren im Zickzack hinauf, wobei Sie die Seite Ihres Skis in den Hang graben und das Gefühl haben, wenn sich auch nur eine Mücke auf Sie setzt, haut es Sie um. Aber es passiert nichts, und Sie erreichen den Gipfel in Sicherheit. Dann aber halten Sie oben auf der Ebene an, um Ihrem Begleiter zu gratulieren, und Sie können gerade noch sagen: »Was für eine schöne Aussicht!«, bevor Sie sich auf Ihren zwei Schulterblättern stehend wiederfinden, die Skier fest um den Hals gewickelt. Oder Sie haben einen langen Ausflug hinter sich, ohne dass Ihnen etwas widerfahren ist, und als Sie auf der Straße zurückschlittern, bleiben Sie kurz stehen, um einer Gruppe auf der Hotelveranda zu erzählen, wie gut es gegangen ist. Irgendetwas passiert – und plötzlich stellen Ihre Gesprächspartner fest, dass sie ihre Glückwünsche an die Sohlen Ihrer Ski richten. Und wenn Ihr Mund nicht voller Schnee ist, murmeln Sie die Namen einiger Schweizer Dörfer, um sich Luft zu machen. »Ragatz« ist ein sehr praktisches Wort und kann einen Skandal verhindern.

Aber das ist alles noch im Anfangsstadium des Skifahrens. Man muss auf der Ebene vorankommen, sich im Zickzack oder im Krebsgang die Hügel hinaufbewegen, hinuntergleiten, ohne das Gleichgewicht zu verlieren, und vor allem mit Leichtigkeit wenden. Wenn Sie das erste Mal versuchen, sich zu drehen, denken Ihre Freunde an einen Scherz. Wedelt ein großer Ski in der Luft herum, sieht das komisch aus – wie ein übertriebener Tanz. Aber dieses plötzliche Herumwirbeln ist wirklich die notwendigste aller Fähigkeiten, denn nur so kann man sich am Berghang drehen, ohne abzurutschen. Es muss geschehen, ohne die Skienden dem Hang zuzuwenden, das ist die einzige Möglichkeit.

Tatsache ist, dass es im Winter leichter ist, einen gewöhnlichen Gipfel zu besteigen oder eine Reise über die höheren Pässe zu machen, als im Sommer, wenn das Wetter nur schön ist. Im Sommer muss man sowohl aufsteigen als auch absteigen, und das eine ist genauso anstrengend wie das andere. Im Winter wird die Mühe halbiert, denn der größte Teil des Abstiegs ist eine reine Rutschpartie. Wenn der Schnee einigermaßen fest ist, ist es viel einfacher, auf Skiern im Zickzack hinaufzufahren, als über Felsen zu klettern … Unser Vorhaben war es, von Davos nach Arosa über den Furkapass zu gelangen, der über dreitausend Meter hoch ist.

Wir waren schon vor vier Uhr morgens aufgestanden und hatten uns um halb fünf auf den Weg zum Dorf Frauenkirch gemacht, wo wir unseren Aufstieg beginnen wollten. Ein großer, blasser Mond leuchtete am violetten Himmel, mit Sternen, wie man sie nur in den Tropen oder in den Hochalpen sehen kann. Um viertel nach fünf bogen wir von der Straße ab und begannen die Hänge hinaufzustapfen, abwechselnd über Bänke mit Gras aus dem Vorjahr und über Schneehänge. Wir trugen unsere Skier über den Schultern und die Skischuhe um den Hals, denn es ließ sich gut dort gehen, wo der Schnee hart war, und er war sicher hart, wo immer die Sonne ihn im Laufe des Tages berührt hatte. Hier und da, in einer Mulde, stolperten wir bis zu den Hüften in eine weiche Schneewehe hinein und wieder heraus; aber im Großen und Ganzen war es ein leichtes Gehen, und da ein großer Teil unseres Weges durch Tannenwälder führte, wäre es schwierig gewesen, Ski zu fahren. Gegen halb sieben kamen wir nach langem, gleichmäßigem Stapfen aus dem Wald heraus und passierten kurz darauf einen hölzernen Kuhstall, das letzte Anzeichen von menschlicher Besiedelung, das wir bis Arosa sehen sollten.

Da der Schnee an den Hängen noch hart genug war, um uns guten Halt zu geben, gingen wir zügig weiter, über wellige, nach oben ansteigende Schneefelder. Gegen halb acht klarte die Sonne die Gipfel auf, und das Licht blendete uns auf der großen Fläche des Neuschnees. Wir arbeiteten uns einen langen Hang hinunter und kamen dann zu dem entsprechenden Hang mit Nordausrichtung, auf dem der Schnee so weich wie Pulver war und so tief, dass wir mit unseren Stöcken keinen Boden ertasten konnten. Wir zogen also unsere Schneeschuhe an und liefen im Zickzack den langen weißen Berghang hinauf, wobei wir auf dem Gipfel eine Pause einlegten. Skier sind eine nützliche Sache; denn als wir feststellten, dass der Schnee wieder hart genug war, um uns zu tragen, verwandelten wir unsere flugs in eine sehr bequeme Bank, von der aus wir die Aussicht auf ein ganzes Panorama von Bergen genossen, deren Namen ich zur großen Erleichterung meiner Leser völlig vergessen habe.

Der Schnee weichte nun unter der grellen Sonne schnell auf, und ohne unsere Skier wäre jedes Vorankommen unmöglich gewesen. Wir bewegten uns am steilen Hang eines Tals entlang und hatten die Mündung des Furkapasses direkt vor uns. Der Schnee fiel hier in einem Winkel von fünfzig bis sechzig Grad ab, und da dieser steile Abhang, den wir entlangschlitterten, bis zu einem absoluten Abgrund abfiel, hätte ein Ausrutschen ernsthafte Folgen haben können. Meine beiden erfahreneren Begleiter liefen etwa eine halbe gefährliche Meile lang unterhalb von mir, aber bald befanden wir uns auf einem weniger steilen Hang, auf dem man ungestraft stürzen konnte. Und nun kam der eigentliche Sport des Schneeschuhwanderns. Bis jetzt waren wir damit so schnell gelaufen, wie es mit Stiefeln gegangen wäre, und das auf einem Boden, auf dem Stiefel nichts taugten. Aber jetzt hatten wir ein Vergnügen, das Stiefel niemals bieten können. Eine halbe Meile lang schossen wir über sanft abfallende Kurven dahin und glitten ins Tal hinunter, ohne unsere Füße zu bewegen. In dieser großen, unbewirtschafteten Einöde, in der Schneefelder unser Sichtfeld umgrenzten und es außer den Fährten von

Gämsen und Füchsen keine Spuren von Leben gab, war es herrlich, auf diese einfache Art und Weise dahinzuflitzen. Ein kurzer Zickzackkurs am Fuße des Hanges brachte uns um halb zehn an die Mündung des Passes, und wir konnten die spielzeugkleinen Hotels von Arosa sehen, die Tausende von Metern unter uns in den Tannenwäldern lagen.

Wieder hatten wir etwa eine halbe Meile vor uns, die wir unsere Stöcke hinter uns herziehend zurücklegten. Es schien mir, dass die Schwierigkeit unserer Reise überwunden war, und dass wir nur noch auf unseren Skiern stehen und uns von ihnen an unser Ziel tragen lassen mussten. Aber die schwierigste Stelle lag noch vor uns. Der Hang wurde immer steiler und steiler, bis er schließlich fast schon ein Abgrund war. Und doch war dieses Wenige, was ihn davon unterschied, wenn weicher Schnee darauf lag, alles, was es brauchte, um eine weitere Verwendungsart dieser wunderbaren Skier zu erproben. Die Brüder Branger waren sich einig, dass der Hang zu schwierig war, um ihn mit Skiern an den Füßen zu bewältigen. Mir kam es so vor, als sei ein Fallschirm das einzige Instrument, das uns hier von Nutzen gewesen wäre; aber ich tat, was ich meine Gefährten tun sah. Sie lösten ihre Skier, banden die Riemen zusammen und verwandelten sie in einen ziemlich plumpen Schlitten. Darauf sitzend, die Fersen in den Schnee gegraben und die Stöcke hinter uns niedergestemmt, begannen wir, die steile Wand des Passes hinunterzufahren. Ich glaube, dass meine beiden Kameraden dabei Qualen litten. Zumindest waren sie, am Ziel angekommen, so bleich wie Lots Frau. Aber meine eigenen Sorgen waren so drängend, dass ich keine Zeit hatte, an sie zu denken. Ich versuchte, das Tempo in Grenzen zu halten, indem ich auf den Stock drückte, was zur Folge hatte, dass der Schlitten zur Seite kippte und man den Abhang hinunterrutschte. Dann bremste ich kräftig mit den Fersen, sodass ich nach hinten schoss, und im Nu flogen meine beiden zusammengebundenen Skier wie ein Pfeil unter mir hervor, sausten an den beiden Brangers vorbei und verschwanden über den nächsten Hang, während ihr Besitzer im tiefen Schnee hockenblieb. Auf dem oberen Feld, wo die Verwehungen zwanzig oder dreißig Fuß tief sind, hätte das ein ernsthafter Unfall werden können. Aber die Steilheit des Abhangs war jetzt ein Vorteil, denn der Schnee konnte sich dort nicht in größerem Umfang ansammeln. Ich machte mich auf meine eigene Art und Weise auf den Weg nach unten.

Mein Schneider sagte mir, dass Harris-Tweed sich nicht abnutzt. Das ist eine bloße Theorie, die einem gründlichen wissenschaftlichen Test nicht standhält.

Spuren seiner Ware findet er auf jedenfalls auf der Strecke vom Furkapass bis Arosa, und für den Rest des Tages war ich froh, wenn ich meine Rückseite der Wand zukehren konnte.

Abgesehen davon, dass sich einer der Brangers bei der Abfahrt den Knöchel verstauchte, ging alles gut, und wir erreichten Arosa um halb zwölf, nachdem wir genau sieben Stunden gebraucht hatten. Die Einwohner von Arosa, die wussten, dass wir kommen würden, hatten sich ausgerechnet, dass wir unmöglich vor ein Uhr ankommen würden, und machten sich auf, um uns den steilen Pass hinunterfahren zu sehen, als wir bereits ein gemütliches Mittagessen im Seehoff beendet hatten. Ich möchte ihnen keine unschuldige Belustigung missgönnen, war aber dennoch froh, dass meine eigene kleine Vorstellung längst zu Ende war, als sie sich mit ihren Operngläsern versammelten.

Annemarie Schwarzenbach

Flucht nach oben

Am Morgen fuhr es fort zu schneien. Der Himmel, bleigrau und stumpf, senkte sich ob der fast reglosen Wolkenschicht. Der Schnee bedeckte die abgefahrenen Hänge, häufte sich in den Mulden. Oben im Fels hing er über zackige Ränder, Wechten bildeten sich, schoben sich gefährlich vorwärts, neigten sich schwer und sanft gerundet den Abgründen zu. Der weiße Rand des Schwarzsees lag, still eingesunken, zwischen den verhüllten Häuptern. Die Nordkante der Gamsfluh war in der Nacht dem scharfen Wind preisgegeben und ragte jetzt, schwarz, glatt gefegt, aus dem weißlichen Meer. Der Wind hatte sich gelegt; es schneite lautlos. Der Schnee fiel in schweren Flocken und bedeckte rasch jede Spur. Die Sicht war erschwert, das Auge erkannte weder Anstieg noch Senkung. Gleichförmig, scheinbar eben lag die Landschaft. Die Gipfel schwebten frei in unermesslicher Höhe, Nebelwolken umstanden sie wie Fetzen von Rauch. Glatt und makellos senkten sich die steilen Halden talwärts. Unten gab es Gesträuch, vom Schnee zu

Boden gedrückt; an den Stämmen der verkrüppelten Kiefern häufte er sich zu kleinen Hügeln. Die Eingänge zu den Höhlen der Schneehasen waren zugedeckt. Es gab keine Nahrung, der Weg zu den Heuschobern der Bauern war weit, die zierlichen Spuren verloren.

Aus den Häusern im Tal stiegen widerwillig graue Rauchfahnen. Der Weg vom Schwarzsee-Hof in den Ort war als schwach eingesunkene Furche noch sichtbar. Matthisel stapfte ihn entlang. Er war unterwegs, um den Tagesplan der Skischule in der Alpenrose zu holen. Auf halbem Weg begegnete er Leuten, die mit Schaufeln das Sträßchen freilegten. Sie schwitzten trotz der Kälte und stießen Wolken von heißem Atem und braunem Pfeifenrauch aus. Im Flur der Alpenrose stand in Hemdsärmeln der Skilehrer Friedrich vor der schwarzen Tafel, strich alle darauf verzeichneten Tagestouren und setzte *Kurs am unteren Übungshang* an ihre Stelle. Er war wegen des Wetters nachdenklich gestimmt. Nebenan im Büro tippte das Kassenfräulein den Tagesplan mit den nötigen Durchschlägen. Friedrich sah über ihre Schulter und blies ihr seinen Atem in den Nacken. Sie wurde rot und beugte den Kopf über die Maschine. Matthisel trat ein, pfiff laut, rief guten Morgen und erhielt seinen Durchschlag; damit trabte er zum Schwarzsee-Hof zurück.

Andreas Wirz, privater Skilehrer dieses Hotels,

stand in wollenem Unterzeug am Fenster seines Zimmers im Nebengebäude und sah Matthisel daherkommen. Er verfolgte den Jungen, bis er im Hoteleingang verschwunden war, wandte sich dann seufzend vom Fenster ab und zog seine Skihose an. Unten brachte ihm das Mädchen Kathi eine Tasse Kaffee aus der Küche. Er trank sie stehend, nahm seine Skier aus dem Hausflur und fuhr ins Dorf. Vor der Alpenrose wartete ein Mann auf ihn. Er trug einen Rucksack und war ebenfalls auf Skiern. »Man kann heute nichts machen«, sagte Wirz.

»Ich fahre nach Innsbruck zurück«, sagte der Mann. »Dort habe ich Leute genug.«

Beide schwiegen.

»Ich habe lang gewartet«, sagte der Mann.

»Ich finde schon jemanden«, entgegnete Wirz.

»Wann?«

»Ich schick ihn dir nach St. Andreas oder Innsbruck. Du brauchst nur zu melden, wo du bist.«

Der Mann mit dem Rucksack wandte sich ab, ohne Wirz die Hand zu geben. Er fuhr in Richtung Station hinunter.

Wirz blieb vor der Alpenrose stehen und zündete sich seine Pfeife an. Er sah durch die offene Tür die ersten Gäste die Treppe herunterkommen und im Esssaal verschwinden, Serviermädchen liefen mit Frühstücksgeschirr über den Flur. Wirz stieg rauchend zum Schwarzsee-Hof empor. Die Skistöcke hielt er manchmal unter den Arm geklemmt und wärmte die Finger in den Hosentaschen. Es war neun Uhr.

Fünf Minuten später fuhr unten an der Station der Frühzug aus München ein. Zwei alte Gepäckträger warteten frierend. Die Lokomotive stieß stäubende Schneewolken vor sich her. Aus einem Abteil dritter Klasse stieg Klaus Vidal, zwölf Jahre alt, englisch gekleidet. Er schleppte zwei große Handtaschen mit sich; ein junger Mann reichte ihm die verschnürten Skier heraus. Klaus dankte, rot vor Anstrengung.

Der Kutscher vom Schwarzsee-Hof wartete vor dem Bahnhofsgebäude auf Klaus und nahm ihm die Handtaschen ab. Peter hieß er, ein blonder Hüne in Schaftstiefeln. Klaus folgte ihm zum kleinen Hornschlitten, kroch unter die leinene Kapuze, ließ sich drei wollene Decken über die Knie legen. Dann wurde ein Stück Leder vor den Eingang gespannt, Peter schwang sich auf das Kutscherbänkchen, fasste die Hörner des Schlittens und rief gleichzeitig »hü«. Die Fahrt begann. Klaus saß wie im Innern einer Gondel, im Halbdunkel. Er konnte nichts sehen außer einem schmalen Streifen bleigrauen Himmels und fallenden Flocken zwischen Lederdecke und Leinenkapuze. Es roch nach nasser Wolle, Fett und Pferden. Wenn er sich Mühe gab hinauszusehen, erblickte er auf der einen Seite jäh ansteigendes Gebirge ohne Ende, auf der anderen Seite den steilen Abhang. Ihm wurde ein wenig schwindlig.

Sechshundert Meter höher, am eingesunkenen Rand des Schwarzsees, stand zur gleichen Zeit ein Skiläufer und versuchte im Hohlraum seiner Hände ein Streichholz und damit seine Zigarette anzuzünden. Als es ihm gelungen war, sah er sich um und fand seine eigene Spur schon halb zugedeckt. Sonst weit und breit nichts. Vom Tal kam Nebel herauf und kroch über die kleine Ebene des Sees. Drüben staute er sich an den Hängen und blieb stehen wie eine dicke Wolke. Weiter oben gab es Wind. Fein zerstäubt wehte der lockere Neuschnee über die Kanten. Himmel und Berg flossen einfarbig zusammen.

Es war ein schwieriger Aufstieg, und die Spuren, die der Skilehrer Friedrich vor zwei Tagen hinterlassen hatte, waren verweht. Und wie würde erst die Abfahrt werden, ein höllisches Unternehmen, dem schmalen Kamm entlang, die Ostseite war vereist, die Westseite voller Felsen und ungenügend bedeckt. Und es schneite unentwegt, keine Aussicht auf Besserung und Klärung des bleifarbigen, verschlossenen Himmels.

Der Mann klopfte den Schnee von den Skiern und begann die Felle abzunehmen. Nach Hause, dachte er, das Stückchen Abfahrt hier wird mir genug zu tun geben. Einige Minuten später verließ er den

Kessel, überblickte die erste Halde und tauchte im Nebel unter.

*

Hoch oben, in der ausgetretenen Spur, die zum Val Torn führte, stieg Matthisel am nächsten Morgen bergan. Es war noch sehr kalt, selbst das Aufsteigen erwärmte ihn nicht. Die Luft roch nächtlich, feucht, war regungslos. Der Schnee schimmerte blau und strömte Kälte aus; beim Gehen knirschte der harte, vereiste Rand der Spur gegen die Kanten von Matthisels Skiern. Er hatte keine Stahlkanten, das Holz splitterte in winzigen weißen Fetzen ab.

Matthisel hatte vor dem Fortgehen Milchkaffee getrunken. Wirz hatte ihn selbst in der Küche gewärmt; noch spürte Matthisel den lauen, rahmigen Geschmack auf der Zunge. Das flackernde Feuer in der kalten Küche, Geruch nach Wäsche und Steinfliesen; Wirz war bleich, fleckig im Gesicht. Er hatte auf der linken Seite gelegen, das krause und struppige Haar war in die Höhe gedrückt. Er trug graue Filzpantoffeln. Die Knöchel waren weiß, mit blauen hervortretenden Adern. Matthisel trank den lauwarmen Kaffee aus einer runden Schüssel. Aß Brot, dick mit Butter bestrichen. Er saß auf dem Küchentisch. Wirz stand am Herd.

»Es wird ein schöner Tag«, sagte Matthisel. Draußen war es noch dunkel, der Himmel im Osten sammetblau, sonst schwarz, fast ohne Sterne.

»Du brauchst keine Angst zu haben«, sagte Wirz, »der Anstieg ist nicht schlimm.«

Matthisel kaute schläfrig. Er hatte keine Angst, er wollte sich Zeit lassen.

»Heute Abend bist du zurück«, sagte Wirz.

»Und dann?«

»Vierzig Schilling ist viel Geld.«

Matthisel nickte träg. »Und dann?«

»Meld dich gleich bei mir«, sagte Wirz. Er schüttete ihm zum zweiten Mal Kaffee ein. Er gähnte.

Matthisel trank in langsamen Schlucken. »Wann muss ich das nächste Mal gehen?« fragte er.

Wirz sagte unsicher: »Du brauchst gar nicht mehr zu gehen. Es war nur ein Versuch. Damit du Geld verdienst.«

Matthisel dachte: Der Klaus schläft noch. Der braucht kein Geld zu verdienen.

»Nachher sollst du doch Skilehrer werden«, sagte Wirz. Er legte ihm die Hand auf die Schulter.

Matthisel hatte die Berührung nicht gern. Er kannte das. Er hatte Wirz nicht mehr gern. »Ich werd kein Skilehrer«, sagte er. »Es ist zu spät.«

Wirz schüttelte ihn. »Siebzehn Jahre alt«, sagte er.

»Nicht deshalb«, sagte Matthisel, »aber wenn ich jetzt zurückkomme ...«

»Das geht doch keinen Menschen etwas an!«

»Doch«, sagte Matthisel, »es geht sie etwas an. Ich werd kein Skilehrer.«

»Jetzt geh!« sagte Wirz.

Aber Matthisel rührte sich nicht.

»Es ist fast halb sechs Uhr«, sagte Wirz. »Geh! Steck das Brot ein. Und vergiss nicht, bei der dritten Hütte rechts.«

»Ich vergess es schon nicht«, sagte Matthisel kurz. »Außerdem, wenn man mich erwischt, ist es meine Sorge.«

»Wer soll dich denn erwischen?« Wirz' Stimme wurde unsicher.

»Das ist nicht deine Sorge«, wiederholte Matthisel und stand auf.

Die Dämmerung begann um halb sieben Uhr. Bis ins Val Torn ging er in der Dunkelheit, der ausgetretenen Spur folgend. Die Kälte weckte ihn. Er ließ das Dorf hinter sich, die verschlossenen Häuser, die kalten Schornsteine. Ob Wirz wieder eingeschlafen war? Sein schwerer, traumgequälter Schlaf, wütendes, stöhnendes Erwachen. Wie er gegen sich wüten konnte, die Welt beschimpfen, Gott lästern! Und alles ausartend in eine unbeschwichtigende Zärtlichkeit, preisgegeben dem Dämon. Wie besiegt er war, ohne Demut besiegt, zähneknirschend. Wie er Gott lästern konnte, sein Gewissen in Brand stecken und wütend-traurig in die Flammen blasen!

Wie er sein Haar streicheln konnte! Matthisel schauderte bei der Erinnerung.

Nein, es war vorbei. Es war viel besser jetzt, auch gefährlicher, aber er war nicht mehr in der Gewalt des Bösen. Er gehörte sich wieder. Der Tag stieg auf, der samtene Himmel im Osten zerfloss und wurde rötlich. Er gehörte sich wieder, würde es schon meistern. Vielleicht würde er, wenn Gott ihn schützte und heil wieder ins Tal brachte, zu seinen Eltern zurückkehren und alles wieder gutmachen. Nie mehr zu Wirz, nie mehr. Er war kein Kind mehr. Ermutigt, fast freudig stieg Matthisel bergan.

Die Landjäger waren mit dem ersten Frühzug aus Innsbruck gekommen. Sie weckten den Polizisten in Alptal, befestigten in der Alpenrose, im Schwarzsee-Hof und am Postbüro die Bekanntmachung, dass der Aufstieg zum Val Torn und in die ganzen benachbarten Gebiete an diesem Tag für Touristen gesperrt sei, frühstückten dann ausgiebig in der Alpenrose, aßen Käse, tranken Rotwein und machten sich gegen neun Uhr auf den Weg. Sie folgten, einer hinter dem anderen, derselben Spur wie einige Stunden zuvor Matthisel. Der Himmel blieb bezogen, Wolken kamen von Westen. Die Gipfel waren von nebelähnlichem Dunst verhüllt. Bald senkte er sich tiefer, wallte die steilen Hänge hinab, füllte die Mulden wie schwelender Rauch. Das Val Torn lag schon in seinem Bereich, die Luft war drückend wie vor einem Erdbeben, und unheilvoll still.

Weiter oben blies ein heftiger Wind, jagte den Nebel vor sich her, riss Löcher hinein. Für Augenblicke traf milchiges Sonnenlicht die nassen Felsen und die stumpfen grauen Schneeflächen. Dann verhüllte sich der Himmel wieder, Dunstfahnen schwangen auf und ab.

Wirz schlief lange. Als er erwachte, sah er Nebel vor seinem Fenster und erinnerte sich sofort beunruhigt an Matthisel. Es war zehn Uhr, er konnte den Kamm schon überschritten haben. Vielleicht war es drüben hell, jedenfalls nebelfrei.

Aber Matthisel fand den Kamm nicht. Er war durch das sanft fallende Val Torn gefahren, bei der dritten Hütte abgebogen und aufgestiegen. Da hatte ihn der Nebel überrascht. Er ging aufwärts, solange er konnte. Dann merkte er, dass es sehr steil wurde, fast senkrecht. Er wich aus, ging einige Zeit quer der Halde entlang, stieg von Neuem auf. Der Schnee war weich und schwer, die Skier sanken ein. Plötzlich befand er sich in einer Art Hohlweg zwischen schwarzen Felsen. Es war windstill, ganz warm. Er beschloss zu warten. Er hatte keine Uhr. Der Nebel verwirrte ihn. Eine halbe Stunde warten konnte ebenso gut ein halber Tag sein oder nur zehn Minuten. Er nahm den Rucksack ab und stellte ihn neben sich. Wartete wieder. Aber der Nebel nahm zu, wurde gelb und immer dichter, wogte schwindelerregend in die Tiefe zu seinen Füssen. Er hatte Hunger, zog das Brot aus der Tasche und aß es auf. Zwei Minuten vergangen, dachte er, oder fünf? Wo stand die Sonne? Ringsum war der Nebel gelb, Wasser tropfte von den Felsen. Matthisels Knöchel schmerzten. Er schnallte die Skier ab, legte sie quer in den Schnee und setzte sich darauf. Jetzt nicht einschlafen! Wenn es ein halber Tag war, dann kamen bald der Abend, Kälte, die Nacht. Er würde erfrieren.

Er beschloss, den Abstieg zu versuchen. Vielleicht konnte er den Rucksack in einer der Hütten verstecken oder sogar dort übernachten. Bis zum nächsten Morgen musste sich der Nebel verziehen.

Langsam kroch die Kälte in seine Glieder. Er nahm den Rucksack, trug die Skier Schritt für Schritt bergab. Es war sehr steil, er glitt beim Gehen aus, manchmal gab der Schnee nach. Plötzlich fürchtete sich Matthisel. Vielleicht lag ein Abgrund vor ihm, und er ging ahnungslos darauf zu, stürzte, und einen Meter tiefer oder zwei begann die Felswand … Er versuchte, sich zu beruhigen: Es gab keine Felswände im Val Torn. Aber doch Felsen, hoch genug. Mit zitternden Knien ging er weiter. Die Stöcke schleiften im Schnee nach. Seine Füße sanken ein, große Löcher blieben hinter ihm, wie die Spur eines großen, schweren Tieres.

Francis war mit dem gleichen Zug wie die Landjäger angekommen. Er war die ganze Nacht gefahren. Im Morgengrauen begrüßte ihn der Stationsvorstand wie einen Heimgekehrten. Er trank Kaffee in der Restauration und aß frischen Gugelhopf. Draußen wartete der Kapuzenschlitten, das kleine Pferd mit dickem Fell, der Kutscher aus dem Schwarzsee-Hof, ein blonder Hüne in Schaftstiefeln. Während die Landjäger bergan stiegen, fluchend vor Kälte, überholte sie der kleine Schlitten.

Die Berge waren verhüllt, grau. Selbst der Schnee war grau, glanzlos, ein wenig feucht. Der Föhn hatte ihm zugesetzt. Grau und feucht war der Asphalt in Berlin gewesen – lange vorbei. Der Potsdamer Platz mit rasenden Lichtreklamen. Haus Vaterland und ein neuer Großfilm, lange vorbei. Weltkriegsausstellung. An der Hardenbergstraße stand hinter Glasscheiben ein Schwarzer, bunte Tücher über die Schulter geworfen. Unter dem weiß-roten Leinengewand schauten die langen Hosen hervor, Schuhe mit Gummiabsätzen, hellbraunes Leder. Er stand da, neben dem blonden Kassenfräulein, und die Kinder quetschten sich die Nasen platt, um ihn besser zu sehen: Kolonialausstellung. Die Reifen der Taxis quietschten in den Kurven. Der Rechtsanwalt telefonierte noch um neun Uhr ins Hotel. »Wird alles besorgt«, sagte er, herzlich und beruhigend. Fahrt durch den Grunewald, vorbei am Wellenbad. Junge Uniformierte standen davor, in Schnürstiefeln. Einige hatten Mädchen, wie früher die Einjährigen – lange vorbei. Lichter von der Avus, trübe. Er fuhr zum Anhalter-Bahnhof. Regentropfende Bäume im Tiergarten. Lastwagen jagten einander, ein schwankender Omnibus bewegte sich von der Haltestelle in die Mitte der Straße, mit riesigem Pfeil winkend. Der Lärm der Autos brandete gegen die Eingangshalle. Der Schritt des Gepäckträgers hallte laut. Francis folgte ihm. Mädchen in Pelzmänteln, bleich, zartrot geschminkt, sahen ihm ins Gesicht. Ein Hund kläffte, stand verloren neben der Sperre. Knaben trugen Skier rüstig vorüber. Noch dauerte der Winter.

Francis schlief. Er sah durch das Fenster schwarze Horizontlinien und einsam flackernde Lichter, dachte, es sei das Meer; Schiffe grüßten sein Schiff von Weitem. Nachtschwere betäubte sein Gehirn. Am Morgen wachte er auf im Gebirge, stieg um, erblickte Gipfelketten, grauen Himmel. Sah: Bahnhof Innsbruck, und erinnerte sich an nichts anderes mehr als an den Weg zum Krankenhaus, feuchter Hohlweg, vorbei am Kloster der Ursulinerinnen und an Vorgärten, wo Schnee auf den Beeten lag.

Nachher wurde er ungeduldig – warum? Aber heimzukehren …

Nun saß er im Schlitten und war zufrieden, den Weg zu kennen. Galerien, Schluchten, erstarrte, durchsichtig gläserne Wasserfälle, Lawinenmauern, das Dorf eine Festung, der Gasthof zur Post. Er ließ halten, stieg aus, stand in der Stube am weiß-grünen Kachelofen und trank scharfen Enzian.

In Alptal ließ er vor Friedrichs Haus halten. Es war ein kleines Haus, alt, der weiße Kalk bröckelte von den windschiefen Wänden. Zur Haustür führte eine Treppe mit geschnitztem Geländer aus blankem, hartem, farblosem Holz. Unter der Haustür war der Stall. Die beiden Pferde der Alpenrose waren im Winter darin untergebracht; im Sommer hatte Friedrichs Bruder ein paar Schafe darin. Francis ließ sein Gepäck abladen und bezahlte den Kutscher. Er wusste, was er tat. Er hatte schon an Friedrich geschrieben. Gross, mit runden Schultern stand Friedrich im Hausflur. Im Wollhemd, die Pfeife zwischen den Zähnen. »Schön, dass du wiedergekommen bist«, sagte er. »Ich habe deine Skier aus dem Schwarzsee-Hof geholt. Sie stehen im Skiraum.« Sie saßen in der Stube und berat-schlagten.

»Ich muss zuerst wieder trainieren«, sagte Francis.

»In zwei Wochen machst du das Examen«, erwiderte Friedrich. »Der Winter ist noch lang. Ich habe Schüler bis Ende April.«

Dann ging Francis in den Schwarzsee-Hof. Es war halb zehn Uhr. In den Hotelgängen brannte Licht. Gelb wie Rauch legte sich der Nebel an die

Scheiben. »Schmugglerjagd im Val Torn«, sagte Matthisels Nachfolger, als er die Bekanntmachung las.

Klaus kam die Treppe hinunter. Er war zum Skilaufen angezogen, hatte das blaue Jäckchen bis unters Kinn zugeknöpft. Francis gab ihm die Hand. Klaus sah ihn mit weit aufgerissenen Augen an. Er war gelbblass, stotterte.

»Fein, dass man sich wiedersieht«, sagte Francis. Klaus lief an ihm vorbei ins Freie.

Adrienne saß noch beim Frühstück. Sie aß Hörnchen mit Butter und Honig, wischte die Hände an der Serviette ab, lehnte sich zurück, schlug die langen Beine übereinander, nahm die brennende Zigarette vom Rand des Aschenbechers.

Francis arbeitete sich zwischen den Tischen hindurch. Sie saß da und rauchte und sah ihn gar nicht. Er freute sich unbeschreiblich. Sie bestellte Kaffee für ihn.

»Ich hab schon zweimal …«, wandte er ein.

»Du kannst auch dreimal trinken«, sagte sie. Der Kaffee war schwarz und dick und roch stark. Nirgends gab es so guten Kaffee. Die Milch schäumte.

Er trank in großen Schlucken. Sie saß ihm gegenüber, drückte ihre Zigarette aus und stützte die Arme auf. Sie waren sich überhaupt nicht fremd.

»Bist du nicht erstaunt, dass ich wiederkomme?« fragte er.

»Was solltest du schon in Berlin«, antwortete sie. »Nein, nein, es war höchste Zeit für dich zurückzukommen.«

Er aß und trank, langte mit dem Messer in die Butterschale. Es war alles selbstverständlich.

»Ich werde Skilehrer«, sagte er. »Friedrich stellt mich ein.«

»Gott sei Dank«, sagte sie. »Dann brauche ich mich nicht mehr über Wirz zu ärgern.«

»Es war höchste Zeit«, sagte er.

»Ich konnte nicht hinunterfahren. Ich dachte, dass du mich vielleicht in Berlin brauchen würdest. Es war sicher scheußlich für dich.«

»Nein«, sagte er, »es war nicht so schlimm, sobald ich wusste, dass ich wiederkommen und dich sehen würde.«

»Aber ich konnte nicht hinunterkommen. Ich kann jetzt nicht ins Tiefland«, wiederholte sie. Er sah betroffen auf. Sie sah weg. »Ich bin zu krank«, sagte sie. »Aber mach dir keine Sorgen. Ich bringe den Klaus ins Internat und komme gleich wieder zurück und heile mich aus.«

»Ich werde Klaus in die Schule bringen«, sagte er.

»Gut«, sagte sie. »Du kannst ihn bringen. Wo ist er eigentlich?«

»Eben hinausgegangen«, sagte Francis. »Ich denke zum Kurs.«

»Bei diesem Nebel geht er nicht zum Kurs.«

»Er war so merkwürdig«, sagte Francis. »Er hat mich kaum begrüßt.« Plötzlich unruhig, sprang er auf, ging in die Halle, rief Friedrich an. Er war zu Hause. Es gab heute nur nachmittags Kurs. »Hoffentlich ist Klaus nicht Richtung Val Torn gegangen«, sagte Friedrich. »Da ist heute Schmugglerjagd.«

Francis hängte ein. Adrienne stand in der Halle. »Ich suche ihn«, sagte er. Der Portier begleitete ihn vor die Tür und erzählte, Klaus sei über die Brücke und links hinaufgegangen, Richtung Val Torn …

Friedrich half Francis, die Felle aufzulegen. »Wenn du bis ein Uhr nicht zurück bist, komme ich mit Matter nach«, sagte er.

Francis stieg durch den Nebel. Er ging in der alten Spur. Klaus hatte eine halbe Stunde Vorsprung. Er musste dicht hinter den Landjägern sein.

Nach kurzer Zeit teilte sich die Spur. Eine führte steiler bergan. Francis folgte der anderen, die er für die ältere und direkte hielt.

Hoch oben vernahm Matthisel die Rufe der Landjäger. Er wagte nicht zu antworten, setzte aber seinen mühsamen Abstieg fort. Der Nebel lichtete sich ein wenig. Er erkannte Felsen, und dass der Abstieg nicht so steil war, wie er gefürchtet hatte. Der Schnee sah gelb aus. Vielleicht drang bald die Sonne durch. Aber es war kalt.

Wieder hörte er Rufe. Die Leute konnten nicht sehr weit sein. »Ist zwecklos«, rief jemand, ein anderer rief: »Hallo«, als habe er den ersten nicht gehört. Schüchtern rief nun Matthisel: »Hallo.« Seine Stimme war heiser und brach sich. Einen Augenblick herrschte Stille. Dann vernahm er deutlich und mit militärischer Schärfe: »Wer da?« Er schrak zusammen. »Wer da? Sich melden!« wiederholte die Stimme. Und jetzt begriff er plötzlich den Zusammenhang: Man suchte ihn. Wirz hatte ihn verraten – nein, das war unmöglich, er würde sich ja ins eigene Fleisch schneiden, aber wer, wer? Also Klaus Vidal, nein, der tät so etwas nicht, nein, Klaus war sein Freund, war anständig. Aber verraten, verfolgt war er, Männer hinter ihm her –

Auf einmal erinnerte er sich an alles, was man ihm jemals erzählt hatte. Schmuggler waren rechtlos, waren Verbrecher (das Wort spürte er wie die Pranke eines Tiers im Nacken). Verbrecher, vogelfrei, Wilddieb – wenn sie sich nicht stellten, schoss man auf sie, und wer sie traf, war kein Mörder. Er wollte schreien: Ich bin's, der Matthisel, und schalt sich verzweifelt. Was half es ihm denn, das waren ja nicht Leute aus Alptal, und er war ja nicht der Matthisel aus dem Schwarzsee-Hof, sondern ein Schmuggler. Er stieß einen Angstschrei aus. »Jesus«, schrie er, und kauerte dann nieder, schnallte in atemloser Hast, mit starren Fingern seine Skier, an.

»Hilf mir«, jammerte er, nur nicht hinunter, besser den Talhang entlang – und schoss vorwärts, verfolgt von den erneuten, jetzt wütenden Rufen: »Halt, melden, halt, wir schießen!« Unter sich sah er in namenlosem Entsetzen den Schatten eines Mannes wie ein Gespenst durch den gelben Nebel gleiten. Er hörte »schießen!«, wimmerte nicht mehr, nahm alle Kraft zusammen, stumm stieß er die Skier vorwärts, vorgelehnt, taumelnd, nichts mehr sehend oder hörend – nur eine Stimme noch, tief und verzweifelt: »Ich komm nicht mehr zurück, ich wusste es, o Mutter …«

Der Mann unter ihm schoss. Dreimal hintereinander, blindlings, erschöpft, nur begierig, den Schatten nicht entwischen zu lassen. Er schoss nicht aus Pflichtgefühl, nicht, um einen Schmuggler zum Stehen zu bringen, nicht, um einen Menschen zu verletzen. Aber um ein Ende zu machen. Sie waren hier fremd, wussten im Nebel nicht Bescheid. Der Nebel kroch wie Lehm und giftiger Dampf an ihnen hoch, kroch ihnen in die Lungen. Die Schmugglerjagd war ein verfehltes Unternehmen, eine sinnlose Order von oben. Was machte es schon aus, ob einer ein paar Kilo nach Italien hinüberbrachte? Schmuggler? Harmlose Bauernburschen, die sich ein Taschengeld verdienen wollten.

Die Landjäger hielten sich möglichst dicht beieinander. Sie wollten ins Dorf zurück, in die heiße

Gaststube, zu Käse, Brot und Rotwein. Sie wollten aus dieser verfluchten und weglosen Öde weg. Da war es der leise Ruf, das plötzliche Schweigen, der sich bewegende, offenbar fliehende Schatten, der den Mann in Raserei versetzte.

Matthisel stürzte mit einem Schrei nach vorne. Er fiel mit dem Gesicht in den Schnee, die Arme flach ausgestreckt, die Hände gespreizt, wie um den Sturz aufzufangen. Der Schrei wurde sogleich erstickt. Die Füße staken fest in den Bindungen, die Zehen wurden abgebogen, die Absätze nach oben gedrückt.

*

Tiefer unten hatte sich der Nebel verzogen. Die Abhänge tauchten hervor wie nach einem schwelenden Brand, der Schnee war weich, schwer, zusammengesunken. Man erkannte Steigungen und Mulden, erblindete nicht mehr vom konturlosen Einerlei. Die Füße der Gipfel wurden sichtbar, breit und unversehrt. Die Gipfel selbst schwammen im Ungewissen, der Himmel war verdeckt, der ungeheure Raum mit Gewölk und dampfendem Nebel angefüllt. Hinaufschauend gewahrte man gelbe Schwaden, mit Windeseile gegeneinander getrieben, dahinter graue Ballen, schwer, rund, unbeweglich, undurchdringliche Wolkenwände.

Unten Alptal, die Häusergruppen, schwarze Dächer, die Straße, geschlängelt, die Furche des Bachs, die Brücke, weiter draußen der Würfel des Schwarzsee-Hofs mit Gratdach und drei rauchenden Kaminen. Friedlich lagen sie, geschützt durch die Talwände, klein. Oben hatten sich die Gebirge und der Himmel frevelhaft bekämpft. Das Opfer war gefallen.

Sie hörten im Dorf die Schüsse. Dumpf kam es herab, durch die zerrissenen Nebelvorhänge, rollte über die Halden, Lawinen, gesprengter Stein, brechendes Eis, befreites Wasser der Bergbäche: So begann der Frühling, bang vernahm man in der Tiefe die Zeichen. Jemand hatte geschossen, nicht auf der Jagd. Die Murmeltiere schliefen, verborgen hockten die mageren Schneehasen, rauschend erhoben sich die Bergdohlen.

Eine Stunde war vergangen. Noch nicht Mittag, dachte Adrienne. Klaus kann nicht so schnell gehen, Francis holt ihn ein. Über den Nebeldecken wanderte die Sonne, ein gelber kreisender Ball. Die zweite Stunde war angebrochen. Gegen zwölf Uhr überschritt die Sonne die mittlere Linie, schwebte einen Augenblick triumphierend über den beiden Welten, über Ozean und Gebirge, und warf ihr Feuer gleichmäßig nach Osten und nach Westen.

Im Val Torn waren Schüsse gefallen. Es war weiter weg als das Meer, weiter als das Ende der Welt, unerreichbar. Auf dem Weg dorthin versuchte Francis den Knaben einzuholen, der nur langsam vorwärtskam; der Schnee gab nach, glitt unter ihm hinweg. Was suchte er dort oben?

Schmuggler im Val Torn … Adrienne las es, Landjäger unterwegs, verboten hinaufzugehen. Sie befahl dem Portier: »Rufen Sie Wirz!«

Wirz kam, blöde, störrisch, verstört.

»Wissen Sie es nicht?« herrschte sie ihn an und flehte ratlos, ungeduldig: »Es wird ihm nichts geschehen, nicht wahr, er kommt gar nicht bis ins Val Torn, nicht wahr, er ist zu schwach, er wird nicht hinaufkommen.«

»Man hat geschossen«, sagte Wirz und sah sie zweifelnd an.

»Ja, ja, es wurde geschossen«, wiederholte sie und fuhr ihn heftig an: »Ist das alles? Warum gehen Sie nicht hinauf? Warum versuchen Sie nicht, etwas zu tun?«

Er schwieg stumpf. Sie wandte sich ab und ließ ihn stehen.

Francis hat Klaus schon lange eingeholt, versicherte sie sich, ich brauche keine Angst zu haben, ich brauche Wirz nicht, keine Sorge, keine Sorge. Sie rauchte unablässig. Plötzlich begann sie zu husten, der Husten schüttelte sie, bleich, nach vorn gebeugt hielt sie sich am Fenster fest. Gebrochene Strahlen drangen herein, es war zwölf Uhr.

Ich bin krank, dachte sie, eine schlechte Mutter, eine unbrauchbare Geliebte. Ich werde sterben und ihn zurücklassen. Ich will mich heilen, aber es wird mir nicht gelingen. Nichts, nichts wird mir gelingen, zu spät. Der Husten ließ nach. Sie saß in einem Lehnstuhl, den Kopf in die Hände gestützt. Noch eine halbe Stunde, dachte sie. Nein, ich kann nicht mehr warten.

Ich habe immer nur gewartet, entsetzlich geduldig. Es half nichts. Die Ungeduld brannte mich aus. Sechs Monate lang lag ich still, den Bergen zugewendet. Francis landete in fremden Hafenstädten, trank fremde, bittere Getränke, lag nächtelang neben fremden Leibern, neben fremden Mündern, wartete auf das Schiff, stand nächtelang am Geländer, Wasser unter ihm, grün-blau, rasch fließend, unaufhaltsam.

Ich lag festgekettet, unverwandelt. Er jedoch ging von Erdteil zu Erdteil, fremde Sprachen im Ohr.

Kennen wir uns? Bist du es, Francis, wiedergekommen? Ich war gierig nach allem, preisgegeben, ich fürchtete mich vor der Krankheit.

Ich will mich nicht mehr fürchten. Ich will keine Angst haben, nicht vor den Schüssen, dem Wandel der Jahreszeiten, nicht vor der Krankheit in mir. Ich will Gott nicht mehr versuchen. Ich will, dass du mir Klaus wiederbringst, unversehrt, den kleinen, zärtlichen Leib …

Francis holte ihn kurz vor dem Val Torn ein. Es war keine große Anstrengung für ihn. Er war nicht einmal besorgt. Er wusste, dass er Klaus einholen und zurückbringen würde. Er fühlte sich sicher, einer Gefahr gewachsen. Es war alles so einfach: wieder Schneeluft zu atmen, wieder Skier an den Füssen zu haben, wieder hinaufzusteigen, wieder gegen greifbare Gewalten anzugehen – gegen Nebel, streifende Landjäger, einem verirrten Knaben nach. Er liebte Klaus zärtlich in diesem Augenblick, weil er Adriennes Sohn war und weil er ihn zurückbringen würde. Er war im richtigen Augenblick nach Alptal gekommen, man brauchte ihn. Adrienne brauchte ihn, und Klaus, der mitten in die Gefahr hineinlief, mit aufgerissenen Augen, von wer weiß welcher Verrücktheit getrieben.

Klaus war zu rasch gelaufen. Der Wind hatte seine verzweifelten Rufe nach Matthisel verscheucht. Als er die Schüsse hörte, sah er ein, dass er zu spät gekommen war. Er blieb stehen, bleich und ratlos. Er sah Francis die Halde emporsteigen und wartete stumm auf ihn. Er fror vor Erschöpfung. Francis wickelte ihn in seine Jacke, nahm seine Felle ab und half ihm, die Skier wieder anzuschnallen. Dann fuhren sie zusammen ins Tal zurück.

Als Adrienne ihn umarmte, brach Klaus in Tränen aus. »Ich wollte ihn warnen«, stammelte er, von

Schluchzen und unfasslichem Entsetzen heimgesucht.

Draußen brach die Helligkeit aus wie ein Gewitter. Der Himmel öffnete sich und strahlte in wolkenloser Bläue. Ringsum entwich der Nebel. Unter einem Regen von heißen, auf der Schneedecke gebrochenen und flimmernden Strahlen wurde Matthisels Leiche bergab gebracht.

Dylan Thomas

Eines Kindes Weihnacht in Wales

Ein Weihnachtsfest war so sehr wie das andere, damals in jenen Jahren, die längst hinter den Straßenecken verschwunden sind in dem Städtchen am Meer, lautlos heute bis auf die fernen Stimmen, die ich manchmal kurz vor dem Einschlafen noch höre, dass ich nicht mehr sagen kann, ob es sechs Tage und sechs Nächte geschneit hat, als ich zwölf war, oder ob es zwölf Tage und zwölf Nächte, als ich sechs war.

All die Weihnachtsfeste kommen zu der doppelzüngigen See heruntergepoltert, wälzen sich herab wie ein kalter Mond, wenn er sich kopfüber vom Himmel stürzt, der unsere Straße war; und dann bleiben sie liegen am frostigen Saum der Wellen mit den steif gefrorenen Fischen, und ich tauche meine Hände in den Schnee und hole heraus, was ich zu fassen bekomme. Meine Hand verschwindet in dem wollweißen glockenklingenden Knäuel aus Festtagen dort am Ufer des Meeres, das sein Weihnachtslied singt, und hervor kommen Mrs Prothero und die Feuerwehr.

Es war der Nachmittag des Heiligabends, ich war in Mrs Protheros Garten und wartete auf Katzen, zusammen mit ihrem Sohn Jim. Es schneite. An Weihnachten schneite es immer. Der Dezember, in meiner Erinnerung, ist weiß wie Lappland, nur dass es keine Rentiere gab. Aber Katzen. Eiskalt, geduldig und grausam, die Hände in Socken gesteckt, warteten wir auf unsere Chance, die Katzen mit Schneebällen zu bombardieren. Glatt und gestreckt wie Jaguare, mit ihren schrecklichen Schnurrhaaren, fauchend und knurrend würden sie über die weißen Gartenmauern hinter dem Haus kommen, und Jim und ich, luchsäugige Jäger, Trapper aus der Hudson Bay gleich hinter der Mumbles Road, mit Pelzmütze und Mokassins, würden unsere tödlichen Geschosse nach ihnen schleudern, genau zwischen das Grün ihrer Augen.

Die Katzen waren klug und ließen sich nicht blicken. Wir standen so still dort, eskimofüßige arktische Scharfschützen, der ewige Schnee schluckte den kleinsten Laut – ewig schon seit Mittwoch –, dass wir den ersten Schrei von Mrs Prothero gar nicht hörten, aus ihrem Iglu am anderen Ende des Gartens. Oder wenn wir ihn hörten, dann wird er uns vorgekommen sein wie der ferne Kampfruf des Feindes, unserer Beute, des Schneeleoparden des Nachbarn. Aber bald wurde die Stimme lauter. »Feuer!«, schrie Mrs Prothero und schlug den Gong, der sonst zum Essen rief.

Und wir rannten zur anderen Seite des Gartens, unsere Schneeballladung im Arm, hin zum Haus; tatsächlich kam Rauch aus dem Esszimmer gequollen, der Gong schepperte, was das Zeug hielt, und Mrs Prothero verkündete Untergang wie ein Ausrufer in Pompeji. Das war besser als sämtliche Katzen von Wales aufgereiht auf einer Mauer. Wir stürmten ins Haus mit unseren Schneebällen und blieben an der Tür des qualmerfüllten Zimmers stehen.

Irgendwas brannte, soviel stand fest; vielleicht war es Mr. Prothero, der nach dem Mittagessen immer sein Schläfchen dort hielt, mit einer Zeitung über dem Kopf. Aber der stand mitten im Zimmer und sagte: »Ein schönes Weihnachten ist das!«, und er hieb mit einem Pantoffel auf den Rauch ein. »Holt die Feuerwehr!«, rief Mrs Prothero und schlug weiter den Gong.

»Die werden nicht da sein«, sagte Mr. Prothero, »es ist Weihnachten.«

Feuer war keines zu sehen, nur Rauchwolken, und mitten dazwischen stand Mr. Prothero und wedelte mit seinem Pantoffel wie ein Dirigent.

»Tut was!«, rief er.

Und wir schmissen unsere sämtlichen Schneebälle in Richtung Rauch – ich glaube, Mr. Prothero haben wir nicht getroffen –, und dann stürmten wir aus dem Haus zur Telefonzelle.

»Lass uns auch die Polizei rufen«, sagte Jim.

»Und einen Krankenwagen.«

»Und Ernie Jenkins, der hat Feuer so gern.«

Aber wir riefen dann doch nur die Feuerwehr, und bald kam der Löschzug, und drei hochgewachsene Männer mit Helm auf dem Kopf schleppten einen Schlauch ins Haus, und Mr. Prothero kam gerade noch rechtzeitig raus, bevor sie das Wasser aufdrehten. Mehr Tohuwabohu am Heiligabend hätte sich keiner vorstellen können. Und als die Männer den Schlauch abstellten und dastanden in dem nassen, verqualmten Zimmer, kam Jims Tante, Miss Prothero, die Treppe herunter und schaute die drei forschend an. Jim und ich warteten mäuschenstill, gespannt, was sie zu ihnen sagen würde. Sie fand immer die richtigen Worte. Sie blickte die drei hochgewachsenen Feuerwehrleute mit ihren schimmernden Helmen an, wie sie dastanden zwischen Rauch und Asche und schmelzenden Schneebällen, und fragte: »Hätten Sie gern etwas zu lesen?«

Vor vielen, vielen Jahren, als ich ein Junge war, als es noch Wölfe in Wales gab und Vögel von der Farbe roter Flanellunterröcke über die harfenförmigen Hügel flitzten, als wir die ganze Nacht und den Tag lang sangen, uns in Höhlen herumtrieben, die rochen wie die muffigen guten Stuben der Bauernhäuser am Sonntag, wo wir, mit den Kieferknochen von Kirchenmännern bewehrt, Engländer und Bären verjagten, vor der Automobilzeit, vor der

Erfindung des Rades, vor dem Pferd mit dem Herzoginnengesicht, als wir auf blankem Rücken über die lächerlich glücklichen Berge ritten, da hörte es überhaupt nicht mehr auf zu schneien. Aber ein kleiner Junge sagt an dieser Stelle: »Letztes Jahr hat es auch geschneit. Ich habe einen Schneemann gebaut, und mein Bruder hat ihn umgeworfen, und da habe ich meinen Bruder umgeworfen und dann gab es Tee.«

»Aber das war nicht derselbe Schnee«, erkläre ich ihm. »Unser Schnee wurde nicht einfach aus Malerkübeln vom Himmel geschüttet, der stob wie ein Schal auch vom Boden auf, er wehte und wirbelte von den Armen und Händen und Leibern der Bäume; Schnee wuchs über Nacht auf den Dächern der Häuser wie unschuldiges, urzeitliches Moos, kletterte in winzigen Schritten am Efeu die Mauern hinauf und ließ sich auf dem Postboten nieder, wenn er das Tor aufmachte, ein beißender, blendender Wirbel aus weißen Weihnachtspostfetzen.«

»Da gab es auch schon Postboten?«

»Mit Augen, die vor Tränen funkelten, die Nasen kirschrot vom Wind, auf eiskalten Plattfüßen, kamen sie an die Türen geknirscht, pochten beherzt mit ihren Handschuhpranken. Aber die Kinder hörten nur Glockengeläut.«

»Du meinst, der Postbote machte poch-pochpoch, und dann läuteten die Türen?«

»Ich will sagen, die Kinder hörten die Glocken in ihrem Inneren.«

»Ich höre nur manchmal den Donner, Glocken nie.«

»Es gab auch Kirchenglocken.«

»In ihrem Inneren?«

»Nein, nein, nein, von den fledermausschwarzen, schneeweißen Glockentürmen, Störche und Bischöfe zogen am Strang. Sie ließen ihre Botschaft erklingen über der Stadt unter ihrer Schicht aus Gaze, über dem gefrorenen Schaum der Puderzucker- und Eiscremehügel, über der knisternden See. Es war, als ob sämtliche Kirchen unter meinem Fenster vor Glück jubilierten; und die Wetterhähne krähten zu Weihnachten auf unserem Zaun.«

»Erzähl noch von den Postboten.«

»Das waren einfach ganz normale Postboten, die gern zu Fuß gingen und Hunde mochten und Weihnachten und den Schnee. Mit blauen Fingerknöcheln klopften sie an die Türen … «

»Bei uns ist der Klopfer schwarz … «

»Und dann standen sie auf der verschneiten Matte unter dem kleinen Vordach im Schneegestöber, schnauften und keuchten sich warm, bliesen Atemgespenster, hüpften von einem Fuß auf den anderen wie kleine Jungs, wenn sie aus dem Haus wollen.«

»Und dann die Geschenke?«

»Dann die Geschenke, nach dem Neujahrsgeld. Und der frostige Postler, mit einer Rose im Nasenloch, machte sich wieder auf seinen servierbrettchenglatten Schlitterweg über den eisglitzernden Hügel. Er stapfte in seinen Stiefeln über Straßen, als wären es die Marmorplatten vom Fischmarkt. Seine Posttasche ging hin und her wie ein kalter Kamelhöcker, auf einem Bein kriegte er gerade noch die Kurve, und dann war er tatsächlich weg.«

»Jetzt nochmal zu den Geschenken.«

»Da gab es die nützlichen Geschenke: Wollschals, in die man ganz abtauchen konnte, für die Kutschen von damals, und Fausthandschuhe für Riesenfaultiere; Zebrahalstücher aus einem seidigen Stoff, der sich tauziehen ließ wie Gummi bis runter zu den Galoschen; Schottenkappen bis über die Augen, die aussahen wie Patchwork-Teekannenwärmer, Kalpaks aus Kaninchenfell und Pudelmützen für Schrumpfköpfe; von Tanten, die auf wollene Wäsche schworen, schnurrbartkratzige Leibchen, bei denen man sich fragte, wieso die Tanten überhaupt noch Haut auf dem Leib hatten; und einmal bekam ich einen kleinen gehäkelten Futtersack, von einer Tante, die jetzt leider nicht mehr unter uns wiehert. Und Bücher ohne Bilder, in denen kleine Jungs, obwohl man sie ausdrücklich davor gewarnt hatte, *doch* mit Schlittschuhen auf den Teich von Farmer Giles gingen und prompt darin ertranken; und Bücher, aus denen ich absolut alles über Wespen erfuhr, nur nicht weswegen.«

»Und die unnützen Geschenke?«

»Tüten mit buntem klebrigem Fruchtgelee und eine eingerollte Flagge und eine falsche Nase und eine Straßenbahnschaffnerskappe und eine Maschine, die Fahrkarten lochte und dabei ›Ping‹ machte; nie eine Zwille; einmal, was sich hinterher keiner erklären konnte, ein kleines Hackebeil; und eine Zelluloid-Ente, die, wenn man daraufdrückte, einen völlig unentenhaften Laut von sich gab, ein miauendes Muhen, ein Laut, wie ihn vielleicht eine ehrgeizige Katze hätte hervorbringen können, die gern eine Kuh gewesen wäre; und ein Malbuch, in dem ich dem Gras und den Bäumen und dem Meer und den Tieren jede Farbe geben konnte, die mir einfiel, und bis heute grasen die knallblauen Schafe auf ihrer roten Wiese unter regenbogenschnäbligen erbsgrünen Vögeln.

Saure Drops, Karamellbonbons, Fondant und bunte Lakritze, Krokant, Kokos, Pfefferminze, kandierte Früchte, Marzipan und Welsh Cake für die Waliser. Und Truppen von bunten Zinnsoldaten, die, wenn sie schon im Feld nichts taugten, immer noch fliehen konnten. Und Mensch-ärgere-dich und Schwarzer Peter. Und der einfache Metallbaukasten für den kleinen Mechaniker, mit Anleitungsheft.

Ja, für Leonardo wäre der vielleicht einfach gewesen! Und eine Pfeife, von der die Hunde bellten, und davon wachte der alte Mann nebenan auf und schlug mit dem Stock gegen die Wand, bis unser Bild runterfiel.

Und ein Päckchen Zigaretten. Man steckte sich eine zwischen die Lippen, und dann stellte man sich an die Straßenecke und wartete stundenlang, vergeblich, auf eine alte Dame, die einen ausschalt, weil man rauchte, und dann würde man die Zigarette grinsend aufessen. Seliger konnte kein Mensch sein.«

»Gab es damals auch Onkel wie bei uns?«

»Zu Weihnachten gibt es immer Onkel. Immer dieselben. Und am Weihnachtsmorgen, mit der Pfeife, die die Hunde wild machte, und den Zucker-Zigaretten, drehte ich meine Runde durch die eingehüllte Stadt, sah mich um, was es Neues gab in der kleinen Welt, und einen toten Vogel fand ich immer, beim weißen Postamt oder auf dem verlassenen Spielplatz; vielleicht ein Rotkehlchen, alle seine Feuer erloschen bis auf eins. Männer und Frauen, stapfend oder mit den Armen rudernd auf ihrem Rückweg vom Gottesdienst, mit Schnapsnasen, windgeküssten Wangen; allesamt Albinos, rafften sie ihre steifen schwarzen zerzausten Federn gegen den gottlosen Schnee.

In jeder guten Stube hing an der Gaslampe ein Mistelzweig; es gab Sherry und Walnüsse und

Flaschenbier, Knallbonbons lagen bei den Dessertlöffeln; und Katzen im Sonntagspelz saßen da und beobachteten das Feuer; und das Feuer, hoch aufgeschichtet, knisterte, wartete nur auf die Kastanien, und die Eisen für den gewürzten Cider glühten schon.

Ein paar massige Männer, nicht viele, saßen in diesen Stuben, hatten die Kragen abgenommen, Onkel höchstwahrscheinlich; sie nahmen zur Probe Züge von ihren neuen Zigarren, begutachteten sie mit ausgestrecktem Arm, führten sie zurück an die Lippen, husteten, hielten sie dann wieder weit weg, als fürchteten sie, dass die Dinger gleich explodieren würden; und ein paar schmächtige Tanten, die in der Küche keiner brauchte, und auch sonst nirgendwo, saßen ganz vorn auf den Stuhlkanten, aufrecht und spröde, fürchteten zu zerbrechen wie altes Porzellan.«

Nicht viele waren an einem solchen Morgen auf den Straßen, wo der Schnee sich türmte und weiter türmte: immer jedoch ein alter Mann mit rehbraunem Bowlerhut, gelben Handschuhen und, um diese Jahreszeit, Gamaschen aus Schnee; er machte seinen Spaziergang, bis zum weißen Rasenplatz und zurück, der Gesundheit halber, bei Sonne oder Schnee, vom Weihnachtstag bis zum jüngsten Tag; manchmal stapften zwei beherzte junge Männer, in deren dicken Pfeifenkolben der Tabak glühte, ohne

Mantel, mit wehenden Schals schweigsam hinunter zum einsamen Strand, um sich Appetit zu machen, um ihrem Ärger Luft zu machen oder, wer konnte das sagen, um in die Wellen zu wandern, bis nichts mehr von ihnen zu sehen war außer den beiden Rauchkräuseln ihrer Bruyères, die kein Meer hätte auslöschen können. Dann lief ich mit Karacho wieder nach Hause, roch die Bratensoßen der anderen, das Geflügel in den Bratröhren, den Brandy, roch Pudding und Pies, Duftwolken in meinen Nüstern, und plötzlich tauchte dann aus einer schneeverwehten Gasse ein Junge auf, der genauso aussah wie ich, die vorn rot glühende Zigarette zwischen den Lippen, blau-rot gezeichnet von den letzten Spuren eines Veilchens, frech wie ein Dreckspatz grinste er dreist vor sich hin.

Der Kerl war mir auf den ersten Blick zuwider, ich wollte meine Hundepfeife nehmen und ihn aus dieser Weihnachtswelt fiepen, doch er war schneller, mit einem Veilchenzwinkern setzte er *seine* Pfeife an *seine* Lippen und blies einen so schneidend schrillen Ton, so sagenhaft laut, dass die fetten Gesichter mit ihren Gänsebratenbacken sich an die lamettaglitzernden Fenster drückten, die ganze vom Echo erfüllte Straße von oben bis unten herab. Bei uns gab es zum Fest Truthahn und flambierten Pudding, und nach dem Essen setzten die Onkel sich vors Kaminfeuer, knöpften sämtliche Knöpfe auf, legten ihre großen feuchten Hände über die Uhrkette, stöhnten noch kurz, dann schliefen sie ein. Mütter, Tanten und Schwestern huschten hin und her und schleppten Schüsseln. Tante Bessie, der schon zweimal eine Aufziehmaus einen Riesenschrecken eingejagt hatte, stand japsend an der Anrichte und trank ein Glas Holunderwein. Der Hund kotzte. Tante Dosie musste drei Aspirin nehmen; Tante Hannah hingegen, die gern Portwein trank, stand im Garten hinter dem Haus mitten im Schnee und sang wie eine füllige Drossel. Ich blies Ballons auf, um zu sehen, wie groß sie sich blasen ließen, und wenn sie platzten, was sie ja früher oder später alle taten, fuhren die Onkel hoch und brummten. Den satten, schweren Nachmittag lang, während die Onkel pusteten wie Delphine und der Schnee herabkam, saß ich zwischen Lampions und Girlanden, knabberte Datteln und versuchte nach den Anleitungen für kleine Mechaniker das Modell eines Kriegsschiffs zu bauen, aber was dabei herauskam, sah eher wie ein seetüchtiger Straßenbahnwagen aus.

Oder ich ging nach draußen, die blitzblanken neuen Stiefel knarzten, hinaus in die weiße Welt, auf den Hügel zum Meer hin, schaute bei Jim und Dan und Jack vorbei, durchstreifte die stillen Straßen, ließ große, tiefe Fußspuren zurück über dem darunter verborgenen Pflaster.

»Ich wette, die Leute denken, das waren Nilpferde.«

»Was würdest du machen, wenn jetzt ein Nilpferd unsere Straße herunterkäme?«

»Das würde ich packen, peng!, und hier übers Geländer schmeißen und es den Hügel runterrollen, und dann würde ich es hinter den Ohren kraulen, und es wedelt mit dem Schwanz.«

»Was würdest du machen, wenn es *zwei* Nilpferde wären?«

Zwei Nilpferdbullen mit stahlgepanzerten Flanken kamen mit Gebrüll auf uns zu, dass der Schnee nur so flog, scheppernd, klappernd, gerade als wir beim Haus von Mr. Daniel vorbeigingen.

»Kommt, wir stecken Mr. Daniel einen Schneeball durch den Briefschlitz.«

»Wir schreiben ihm was in den Schnee.«

»Wir schreiben ›Mr. Daniel sieht aus wie Spaniel‹ über den ganzen Rasen.«

Oder wir streiften am weißen Strand entlang.

»Ob die Fische sehen, dass es schneit?«

Lautlos zog am Himmel eine einzige Wolke hinaus aufs Meer. Jetzt waren wir Reisende hoch oben im Norden, verirrt und geblendet vom Schnee. Riesige Hunde mit gewaltigen Wammen, mit Fässchen um den Hals, wühlten sich trottelnd und zottelnd einen Weg zu uns und bellten »Excelsior«. Zurück gingen wir durch die Straßen, wo die

Armen wohnten und nur ein paar Kinder mit blanken roten Fingern zwischen den Wagenspuren im Schnee stocherten und uns hinterherriefen, bis die Stimmen schließlich verhallten, auf unserem Weg auf den Hügel, hinauf zu den Schreien der Vögel aus den Docks, dem Tuten der Schiffe draußen in der Bucht in der schäumenden See. Dann war es Teezeit, die Onkel waren wieder munter und in bester Stimmung, und der Kuchen mit seiner Zuckerglasur thronte mitten auf dem Tisch wie ein marmorner Sarkophag. Tante Hannah gab in ihren Tee einen Schuss Rum, schließlich war es doch nur einmal im Jahr.

Jetzt wird es Zeit für die Räuberpistolen, die nun am Kamin erzählt wurden, und das Gaslicht blubberte dazu wie ein Taucher. Gespenster machten »Schuhu« wie die Eulen, und ich wagte ganze Abende lang nicht, mir über die Schulter zu sehen; alles erdenkliche Getier lauerte im Verschlag unter der Treppe, wo der Gaszähler tickte. Und ich weiß noch, einmal sind wir singen gegangen, und nicht ein Fitzelchen Mond war am Himmel zu sehen, das uns geleuchtet hätte auf den schlittrigen Straßen. Wir gingen lange, dann führte ein Fahrweg hoch zu einem großen Haus, und wir stolperten durch das Dunkel diese Auffahrt hinauf, an jenem Abend, alle hatten wir Angst, jeder hatte einen Stein in der Hand, für alle Fälle, aber alle waren wir zu tapfer, als dass wir ein Wort gesagt hätten. Der Wind ächzte in den Bäumen, Laute, wie widerliche, womöglich schwimmfüßige alte Männer sie machen mochten, wenn sie in ihren Höhlen röchelten. Wir langten am Haus an, schwarz und massig.

»Was singen wir? ›Kommet ihr Hirten‹?«

»Nein«, sagte Jack, »›Der gute König Wenzeslaus‹. Ich zähle auf drei.«

Eins, zwei, drei, und wir legten los, sangen mit hoher Stimme, wie aus großer Ferne in dem schneefilzenen Dunkel um das riesige Haus; wer dort wohnte, wussten wir nicht. Wir standen dicht zusammengedrängt, nah an der Tür, dahinter blieb alles dunkel.

Der gute König Wenzeslaus
Schaut' am Sankt-Stephans-Feste …

Und dann stimmte eine kleine, dünne Stimme, wie die Stimme von jemandem, der schon lange kein Wort mehr gesprochen hat, ein in unseren Gesang, eine kleine, dünne Stimme, zerbrechlich wie Eierschalen von der anderen Seite der Tür: eine kleine, dünne Stimme, die durchs Schlüsselloch drang. Und wir hörten erst wieder auf zu rennen, als wir zurück bei unserem eigenen Haus waren; was für ein Glück, in der guten Stube zu sein; Ballons schwebten unter der Gaslampe, die gluckste wie das Wasser in einer Wärmflasche; alles war wieder gut, das Licht leuchtete über der Stadt.

»Vielleicht war das ein Gespenst«, sagte Jim.

»Vielleicht waren es Trolle«, sagte Dan, der belesen war.

»Kommt, wir schauen, ob noch Wackelpudding da ist«, sagte Jack. Und das taten wir.

Musik gehörte zu jedem Weihnachtsabend. Ein Onkel spielte die Geige, eine Cousine sang »Cherry Ripe«, ein weiterer Onkel sang »Drake's Drum«. Es war sehr warm in dem kleinen Haus.

Tante Hannah, die inzwischen beim Pastinakenwein angekommen war, sang ein Lied von blutenden Herzen und vom Tod, und danach ein weiteres, in dem es hieß, ihr Herz sei wie ein Vogelnest; aber danach waren alle wieder lustig, und dann ging ich zu Bett. Wenn ich aus meinem Zimmerfenster hinausschaute, in die mondbeschienene Weite des rauchgrauen Schnees, sah ich das Licht in den Fenstern sämtlicher anderen Häuser auf unserem Hügel, hörte die Musik, wie sie von dort aufstieg in die lange, sich immer noch weiter ausbreitende Nacht. Ich drehte die Gasflamme herunter und legte mich nieder. Ich murmelte noch ein paar Worte in das Dunkel der Heiligen Nacht, dann schlief ich ein.

Lew Tolstoi

Der Schneesturm

Gegen sieben Uhr abends verließ ich, nachdem ich Tee getrunken hatte, die Poststation, deren Name mir entfallen ist; ich weiß nur, dass es im Gebiet der Donkosaken, irgendwo in der Nähe von Nówotscherkask war. Als ich mich, in Pelz und Wagendecke gehüllt, neben Aljoschka in den Schlitten setzte, war es schon dunkel. Hinter dem Stationsgebäude schien es warm und windstill. Obwohl es nicht schneite, war oben kein einziger Stern zu sehen, und der Himmel erschien im Vergleich zu der weißen Schneefläche, die vor uns lag, ungewöhnlich tief und schwarz.

Als wir die Silhouetten der Windmühlen, von denen die eine unbeholfen ihre großen Flügel bewegte, und das Dorf hinter uns hatten, bemerkte ich, dass der Weg beschwerlicher und schneereicher wurde; der Wind begann mir heftiger in die linke Seite zu blasen, die Mähnen und die Schweife der Pferde auf die Seite zu wehen und den von den Kufen und Hufen aufgewühlten Schnee trotzig emporzuwirbeln und davonzutragen. Das Schellengeläute klang leiser, ein kalter Luftstrom drang mir durch irgendeine Öffnung im Ärmel in den Rücken, und ich musste an den Rat des Stationsaufsehers denken, von der Reise Abstand zu nehmen, um nicht die ganze Nacht ohne Weg umherzuirren und vielleicht noch zu erfrieren.

»Dass wir uns nur nicht verirren«, sagte ich zum Fuhrknecht. Da er mir aber keine Antwort gab, stellte ich meine Frage deutlicher: »Werden wir die Station erreichen, Kutscher? Werden wir uns nicht verirren?«

»Gott weiß«, gab er mir zur Antwort, ohne den Kopf zu wenden. »Sie sehen ja selbst, was für ein Gestöber aufsteigt: Vom Weg ist nichts zu sehen. Herrgott!«

»Sag mir doch lieber, ob du mich zur nächsten Station zu bringen hoffst oder nicht«, fragte ich weiter. »Werden wir hinkommen?«

»Wir werden wohl hinkommen müssen«, sagte der Fuhrknecht; er sprach noch weiter, ich konnte ihn aber im Wind nicht verstehen.

Ich hatte keine Lust umzukehren; doch auch die Aussicht, die ganze Nacht bei Frost und Schneesturm in diesem Teil des Donkosaken-Gebiets, einer völlig nackten Steppe, umherzuirren, schien mir wenig verlockend. Außerdem gefiel mir mein Kutscher nicht recht, obwohl ich ihn im Finstern nicht genau sehen konnte, und ich hatte kein Vertrauen zu ihm. Er saß genau in der Mitte des Bockes und nicht seitwärts, wie Kutscher sonst zu sitzen pflegen; er war von übermäßigem Wuchs, seine Stimme klang träge, und auf dem Kopf hatte er keine richtige Kutschermütze, sondern eine ihm viel zu große, die immer hin und her rutschte; auch kutschierte er nicht auf die richtige Art: Er hielt die Zügel mit beiden Händen, wie ein Lakai, der aushilfsweise die Stelle des Kutschers vertritt; doch der Hauptgrund meines Misstrauens war, dass er sich ein Tuch um die Ohren gebunden hatte. Mit einem Wort, der ernste gekrümmte Rücken, der vor mir in die Höhe ragte, wollte mir nicht gefallen und verhieß mir nichts Gutes.

»Ich bin dafür, dass wir umkehren«, sagte Aljoschka, »es ist gar nicht so lustig, sich in der Steppe zu verirren!«

»Gott im Himmel! Dieses Schneegestöber! Ich kann den Weg nicht sehen, der Schnee hat mir die Augen verklebt … Gott im Himmel!«, brummte der Fuhrknecht.

»Was gibt's? Wo gehst du hin? Haben wir etwa den Weg verloren?«, fragte ich; der Fuhrknecht gab mir aber keine Antwort: Er hielt den Kopf vom Wind, der ihm die Augen peitschte, weggewandt und entfernte sich vom Schlitten.

»Nun? Hast du den Weg gefunden?«, fragte ich, als er zurückgekehrt war.

»Nein, nichts«, sagte er unwirsch und ärgerlich, als ob ich schuld daran wäre, dass er den Weg verloren hatte; er steckte die Beine wieder langsam in den Vorderteil des Schlittens und ergriff mit seinen hart gefrorenen Handschuhen die Zügel.

»Was werden wir nun tun?«, fragte ich, als sich der Schlitten wieder in Bewegung gesetzt hatte.

»Was sollen wir tun! Wir werden aufs Geratewohl weiterfahren.«

Nun fuhren wir im kurzen Trab weiter, offenbar ganz ohne Weg, bald über tiefen Pulverschnee, in dem der Schlitten zu einem Viertel versank, bald über eine spröde, nackte Eisfläche.

Obwohl es recht kalt war, schmolz der Schnee auf meinem Mantelkragen sehr rasch; das Gestöber über der Erde wurde immer stärker, und von oben begann es einzelne trockene Flocken zu schneien.

Es war klar, dass wir Gott weiß wohin fuhren, denn als wir auch noch eine weitere Viertelstunde gefahren waren, hatten wir keinen einzigen Werstpfahl gesehen.

»Nun, was glaubst du«, fragte ich wieder den Kutscher, »werden wir die Station erreichen?«

»Welche Station? Zurück werden wir wohl kommen können, wenn wir die Pferde frei laufen lassen: Sie werden uns schon zurückbringen; doch auf die nächste Station werden wir kaum kommen … Wir werden dafür höchstens den Tod finden.«

»Wir wollen dann doch lieber umkehren«, sagte ich. »Was sollen wir auch riskieren ...«

»Soll ich umkehren?«, wiederholte der Kutscher.

»Ja, gewiss, kehre nur um.«

Der Kutscher ließ die Zügel los. Die Pferde begannen schneller zu laufen. Obwohl ich gar nicht gesehen hatte, wie wir umgekehrt waren, merkte ich doch, dass der Wind auf einmal von der andern Seite blies; bald konnte ich schon durch das Schneegestöber hindurch die Windmühlen erkennen. Der Kutscher fasste neuen Mut und wurde gesprächig.

»Neulich fuhren sie mit Retourschlitten von der anderen Station in so einem Schneesturm heim; sie mussten in Heuschobern übernachten und kamen erst am Morgen nach Hause. Es war noch ein Glück, dass sie auf die Heuschober stießen, denn sonst wären sie wohl erfroren – der Frost war stark. Der eine hat sich auch wirklich die Beine erfroren; nach drei Wochen ist er daran gestorben.«

»Jetzt ist es aber gar nicht so kalt, auch der Sturm hat sich etwas gelegt«, sagte ich. »Können wir vielleicht doch weiterfahren?«

»Warm ist's schon, doch der Schneesturm! Weil wir jetzt zurückfahren, scheint's uns nicht so arg; es stürmt aber ordentlich! Ich würde schon weiterfahren, wenn ich einen Kurier zu fahren hätte oder auf eigene Gefahr ... So kann mir aber der Fahrgast erfrieren, und das ist beileibe kein Spaß! Wie kann ich für Euer Gnaden die Verantwortung tragen?«

*

In diesem Augenblick erklang hinter uns das Schellengeläute mehrerer Troikas, die uns rasch einholten.

»Es ist die Glocke der Kuriertroika«, sagte mein Kutscher, »es gibt auf der ganzen Station nur ein solches Geläute.«

Das Geläute der vorderen Troika, das im Wind deutlich vernehmbar war, klang wirklich außerordentlich schön: Es war ein reiner, tiefer, etwas klirrender Ton. Wie ich später erfuhr, war dieses Geläute eine besondere Liebhaberei des Posthalters: Es waren im Ganzen drei Glocken – die größte in der Mitte mit dem sogenannten tiefroten Ton und zwei kleinere, die auf eine Terz abgestimmt waren. Der Klang dieser Terz und der klirrenden Quinte klang in der wüsten, leeren Steppe wunderbar schön.

»Es ist die Post«, sagte mein Kutscher, als uns die erste der drei Troikas eingeholt hatte. »Wie ist der Weg? Kann man fahren?«, rief er dem Fuhrknecht in der letzten Troika zu; jener schrie aber nur auf seine Pferde ein und gab meinem Kutscher keine Antwort.

Kaum hatte uns die Post überholt, als auch das Schellengeläute schnell im Wind verhallte.

Mein Kutscher schämte sich wohl ein wenig.

»Wollen wir doch weiterfahren, Herr!«, sagte er. »Die Leute sind eben vorbeigefahren, und ihre Spur ist noch frisch.«

Ich stimmte zu; wir wendeten wieder gegen den Wind und schleppten uns durch den tiefen Schnee weiter. Ich blickte immer von der Seite auf den Weg, um die Spuren der Troika nicht zu verlieren. Etwa zwei Werst waren die Spuren gut sichtbar; dann konnte ich nur noch eine leichte Unebenheit unter den Kufen wahrnehmen; schließlich konnte ich nicht mehr unterscheiden, ob ich die Spur oder eine vom Wind aufgewühlte Schneefurche vor mir hatte. Die Augen wurden bald so müde, dass sie die unaufhörlich unter den Kufen dahingleitende Schneefläche nicht weiter verfolgen konnten, und ich begann geradeaus zu schauen. Den dritten Werstpfahl sahen wir noch, doch den vierten konnten wir unmöglich finden; wir fuhren, wie wir es schon vorher getan hatten, bald mit dem Wind, bald gegen den Wind, bald nach rechts, bald nach links und waren schließlich so weit, dass der Kutscher behauptete, wir seien vom richtigen Weg nach rechts abgeschweift, ich erklärte, nach links, und Aljoschka meinte, dass wir überhaupt zurückführen. Wieder blieben wir einige Male stehen, der Kutscher streckte seine langen Beine aus dem Schlitten und machte sich auf die Suche nach dem Weg; doch alles war umsonst. Ich stieg auch einmal aus, um festzustellen, ob dort, wo es mir schien, nicht doch der Weg liege; aber kaum war ich mit großer Mühe etwa sechs Schritt gegen den Wind gegangen und hatte mich überzeugt, dass überall die gleiche eintönige weiße Schneedecke lag und dass der Weg nur in meiner Einbildung existierte, als ich plötzlich den Schlitten aus den Augen verlor. Ich schrie: »Kutscher! Aljoschka!«, doch ich fühlte, wie mir der Wind meine Stimme direkt vom Munde wegriss und sie in einem Augenblick weit von mir davontrug. Ich ging zu der Stelle, wo eben noch der Schlitten gestanden hatte, doch der Schlitten stand nicht mehr da; ich ging nach rechts und fand ihn wieder nicht. Ich schäme mich noch heute, wenn ich daran denke, wie durchdringend, laut, beinahe verzweifelt ich dann geschrien habe: »Kutscher!«, während er zwei Schritt vor mir stand. Seine dunkle Gestalt mit der Peitsche in der Hand und der auf die Seite gerutschten, großen Mütze war ganz plötzlich vor mir aufgetaucht. Er geleitete mich zum Schlitten.

»Ein Glück, dass es warm ist«, sagte er. »Wenn ein richtiger Frost kommt, sind wir verloren! … Gütiger Gott im Himmel!«

»Lass die Zügel los, mögen uns die Pferde wieder zurückführen«, sagte ich, nachdem ich wieder im

Schlitten Platz genommen hatte. »Werden sie uns auch zurückführen? Was meinst du, Kutscher?«

»Sie müssen es wohl.«

Er ließ die Zügel locker, schlug das Gabelpferd einige Male mit der Peitsche auf den Rücken, und wir fuhren wieder irgendwohin. Etwa eine halbe Stunde fuhren wir. Plötzlich erklang vor uns wieder das mir bekannte Liebhabergeläute, daneben bimmelten noch zwei weitere Glocken; diesmal kamen sie uns aber entgegen. Es waren die drei Troikas von zuvor, die ihre Post inzwischen abgeliefert hatten und nun mit Retourpferden, die hinten angebunden waren, zu ihrer Station zurückkehrten. Die mit kräftigen, großen Pferden bespannte Kuriertroika mit dem Liebhabergeläute fuhr schnell vor den andern her. Auf dem Bock saß ein Fuhrknecht und trieb die Pferde mit lauten Schreien an. In den beiden anderen Schlitten saßen je zwei Fuhrknechte; ich hörte sie laut und lustig miteinander sprechen. Einer von ihnen rauchte eine Pfeife; ein Funke, der im Wind aufflog, beleuchtete einen Teil seines Gesichts.

Als ich sie sah, schämte ich mich, dass ich mich gefürchtet hatte weiterzufahren; mein Kutscher empfand wohl das gleiche, denn wir sagten wie aus einem Munde: »Wir wollen ihnen nachfahren!«

*

Bevor noch die letzte Troika an uns vorbeigefahren war, begann mein Kutscher, seinen Schlitten zu wenden; er tat es sehr ungeschickt und geriet mit der Femerstange mitten in die hinter den Troikas angebundenen Pferde. Ein Dreigespann scheute, riss sich los und lief davon.

»Du schieläugiger Teufel! Siehst gar nicht, wohin du wendest: mitten in die Leute hinein! Dass dich der Henker!«, schimpfte einer der Fuhrknechte, ein kleiner alter Mann, soweit ich seiner Stimme und Gestalt nach schließen konnte, der in der letzten Troika saß; er sprang rasch aus seinem Schlitten und lief den Pferden nach, wobei er fortfuhr, roh und derb auf meinen Kutscher zu schimpfen.

Die Pferde ließen sich aber nicht einfangen. Der Fuhrknecht lief ihnen nach, und im selben Augenblick waren Pferde und Fuhrknecht im weißen Nebel des Schneesturms verschwunden.

»Wasilij! Bring den Falben her! Ich kann sie sonst gar nicht einfangen«, hörte man seine Stimme.

Einer der Fuhrknechte, ein auffallend großer Kerl, sprang aus seinem Schlitten, band schweigend sein Dreigespann los, stieg, sich am Geschirr festhaltend, auf eines der Pferde, sprengte im kurzen Galopp über den knirschenden Schnee davon und verschwand in der gleichen Richtung.

Wir fuhren aber mit den beiden anderen Troikas dem Kurierschlitten nach, der mit Schellengeläute in vollem Trab vorauslief.

»Der glaubt wohl, dass er sie einfängt!«, sagte mein Kutscher über den, der den Pferden nachgeeilt war. »Wenn das Pferd nicht sofort zu den anderen Pferden gegangen ist, so ist es ein übermütiges Pferd; es kann den Mann so weit forttragen, dass er keinen Weg mehr zurückfindet.«

Als mein Fuhrknecht nun hinter den anderen herfuhr, schien er auf einmal lustiger und gesprächiger, was ich, da ich noch nicht schlafen wollte, selbstverständlich gehörig ausnutzte. Ich begann ihn auszufragen, woher er stamme und wer er sei. Ich erfuhr, dass er mein Landsmann aus der Gegend von Tula war, ein leibeigener Bauer aus dem Kirchdorf Kirpitschnoje; sie hätten dort wenig Land, und die Ernte sei seit der Cholera fortwährend schlecht; sie seien zwei Brüder zu Hause, während der dritte beim Militär diene; sie könnten dieses Jahr mit dem Brot bis Weihnachten nicht mehr auskommen und müssten sich daher nach Verdienst umsehen; der jüngere Bruder sei der Herr im Hause, weil er Familie habe; er selbst sei Witwer; aus seinem Dorfe ginge jeden Winter eine Artel von Fuhrknechten in diese Gegend; er selbst sei zwar noch nie Fuhrknecht gewesen, habe aber doch den Dienst bei der Post angenommen, um den Bruder unterstützen zu können; hier bekomme er, Gott sei Dank, hundertzwanzig Rubel jährlich, von denen er hundert nach Hause schicke; das Leben hier sei sonst ganz gut, »wenn die Kuriere nur nicht so wild wären und das Volk nicht so fürchterlich fluchte«.

»Warum hat dieser Fuhrknecht nur so furchtbar geflucht? Mein Gott! Habe ich die Pferde denn absichtlich losgerissen? Will ich denn jemand etwas Böses? Und warum ist er ihnen nachgesprungen? Sie wären auch von selbst zurückgekommen; so wird er umsonst die Pferde abhetzen und auch selbst zugrunde gehen«, sagte der gottesfürchtige Bauer.

»Was ist das Schwarze dort?«, fragte ich, als ich einige dunkle Silhouetten vor uns sah.

»Ein Zug von Lastwagen. – Das ist wirklich ein angenehmes Fahren!«, fügte er hinzu, als wir die riesengroßen, mit Bastmatten bedeckten Wagen, die einer hinter dem anderen herrollten, eingeholt hatten. »Schauen Sie nur hin, kein Mensch ist zu sehen, alle schlafen. Die klugen Pferde kennen selbst den Weg und lassen sich nicht davon abbringen … Auch ich bin früher einmal mit solchen Lastfuhren gefahren«, sagte er nach einer Pause, »daher kenne ich es.«

Die riesengroßen Wagen, die von den Rädern bis zu den Bastmatten hinauf mit Schnee bedeckt waren und sich ganz von selbst fortzubewegen schienen, boten wirklich einen seltsamen Anblick. Erst als unsere Schellen dicht neben den Wagen erklangen, hob sich im vordersten Winkel etwa zwei Finger hoch die schneeverwehte Matte, und für einen Augenblick lugte eine Mütze heraus. Ein großer, scheckiger Gaul mit gestrecktem Hals und gespanntem Rücken schritt gleichmäßig über den gänzlich verwehten Weg; er schaukelte im Takt seinen zottigen Kopf unter dem schneebedeckten Krummholz und spitzte, als wir ihn einholten, das eine verschneite Ohr.

Nach einer weiteren halben Stunde wandte sich der Fuhrknecht wieder an mich: »Was glauben Sie, Herr, fahren wir recht?«

»Ich weiß es nicht«, antwortete ich.

»Der Wind kam vorher von dort, und jetzt fahren wir mit dem Wind. Nein, wir fahren sicher falsch. Wir haben uns wieder verirrt«, schloss er mit großer Ruhe.

Obwohl er eigentlich recht feige war, hatte er sich, wie ich sah, vollkommen beruhigt, seit wir in Gesellschaft fuhren und er nicht mehr die Führung und die Verantwortung hatte: Gemeinsames Unglück lässt sich eben leichter ertragen. Kaltblütig machte er Bemerkungen über die Fehler des Fuhrknechts, der vorne fuhr, als ginge ihn das Ganze nicht im Geringsten an. Ich merkte auch wirklich, dass die vordere Troika uns bald die linke und bald die rechte Seite zukehrte; ich hatte den Eindruck, als ob wir auf einer sehr kleinen Fläche immer im Kreis herumführen. Es hätte übrigens auch eine Sinnestäuschung sein können, wie es mir zuweilen vorkam, dass die erste Troika bald bergauf und bald bergab fuhr, während die Steppe von allen Seiten vollkommen eben war.

Nachdem wir noch einige Zeit so gefahren waren, glaubte ich fern am Horizont einen langen, schwarzen beweglichen Streifen zu sehen; doch schon im nächsten Augenblick wurde mir klar, dass es dieselben Lastfuhren waren, die wir schon einmal überholt hatten. Die knarrenden Räder, von denen sich einige gar nicht mehr drehten, waren ganz wie vorhin von Schnee bedeckt; die Leute schliefen noch immer unter den Bastmatten, und das scheckige Pferd vor der ersten Fuhre blähte wie vorhin die Nüstern, beschnüffelte den Weg und spitzte die Ohren.

»Nun sehen Sie es selbst; wir haben uns so lange gedreht, bis wir wieder zu denselben Lastfuhren zurückgekommen sind!«, sagte mein Fuhrknecht ärgerlich. »Die Kurierpferde sind kräftig und können etwas vertragen; daher kann er sie auch so hetzen; wenn wir aber auch so die ganze Nacht herumfahren wollten, würden unsere Pferde bald stehen bleiben.«

Er hüstelte.

»Wollen wir doch lieber umkehren, Herr, damit es kein Unglück gibt?«

»Warum? Wir werden doch irgendwo hinkommen.«

»Wohin können wir kommen? Es wird uns nichts anderes übrig bleiben, als in der Steppe zu übernachten. Wie es nur stürmt … Herrgott im Himmel!«

Obwohl ich mich wunderte, dass der Fuhrknecht in der ersten Troika, der offenbar Weg und Richtung verloren hatte, gar nicht versuchte, den Weg zu finden, sondern unter lustigem Geschrei in vollem Trab weiterfuhr, wollte ich doch nicht mehr hinter den anderen Schlitten zurückbleiben.

»Fahr ihnen nach!«, sagte ich.

Der Fuhrknecht tat, was ich ihm geheißen, trieb aber die Pferde noch missmutiger an als vorher und sprach nicht mehr mit mir.

*

Der Schneesturm wütete immer schlimmer, und von oben fiel feiner, trockener Schnee; anscheinend begann es zu frieren: Nase und Wangen schmerzten mir immer mehr vor Kälte, und immer öfter stieg mir ein klarer Luftstrom unter den Pelz, den ich vorn fest zusammenhalten musste. Zuweilen klapperten die Kufen auf dem nackten, hart gefrorenen Boden, von dem der Schnee weggeweht war. Da ich schon beinahe sechshundert Werst zurückgelegt hatte, ohne irgendwo Nachtquartier zu nehmen, schloss ich, obwohl mich der Ausgang unserer Irrfahrten aufs Höchste interessierte, zeitweise die Augen und schlummerte ein. Als ich die Augen wieder einmal öffnete, war ich ganz erstaunt: Die weiße Ebene war, wie es mir im ersten Augenblick schien, von einem grellen Licht überflutet; der Horizont hatte sich bedeutend erweitert, der niedrige schwarze Himmel war verschwunden, von allen Seiten sah man die weißen, schrägen Linien des fallenden Schnees, die Umrisse der vorderen Troikas waren deutlicher sichtbar, und als ich die Augen hob, schien mir im ersten Augenblick, dass sich die Wolken verzogen hatten und der Himmel nur vom fallenden Schnee verdeckt war. Während ich geschlafen hatte, war der Mond aufgegangen; nun warf er sein kaltes, grelles Licht durch die undichten Wolken auf den fallenden Schnee. Alles, was ich deutlich sehen konnte, war mein Schlitten, mit den Pferden und dem Fuhrknecht, und die drei Troikas vor uns: zuerst der Kurierschlitten, auf dessen Bock noch immer der eine Kutscher saß, der die Pferde zu scharfem Trab antrieb; im zweiten Schlitten saßen zwei Fuhrknechte, die die Zügel locker gelassen, sich aus einem Mantel einen Windschutz gemacht hatten und unaufhörlich ihre Pfeifchen rauchten, was man an den Funken, die ab und zu aufflackerten, erkennen konnte; im dritten Schlitten war aber niemand zu sehen: Der Fuhrknecht schlief wohl mitten im Schlitten. Seitdem ich wach war, hielt der erste Fuhrknecht ab und zu seine Pferde an und sah sich nach dem Weg um. Wenn wir stehenblieben, hörten wir deutlicher den Wind heulen und sahen die erstaunlichen Schneemassen, die durch die Luft wirbelten. Im Mondlicht, das vom Schneegestöber getrübt war, konnte ich sehen, wie sich der kleine Fuhrknecht im Lichtnebel hin und her bewegte, mit dem Peitschenstiel den Schnee vor sich betastete, dann wieder zum Schlitten zurückkehrte und von der Seite auf den Bock sprang; durch das eintönige Pfeifen des Windes hörte ich das helle und laute Klingen und Bimmeln der Schellen. Sooft der erste Fuhrknecht aus dem Schlitten stieg, um sich nach dem Weg oder nach Heuschobern umzuschauen, hörte ich aus dem zweiten Schlitten die muntere und selbstbewusste Stimme eines der Fuhrknechte, der dem vorderen zurief: »Hör doch, Ignaschka! Wir sind ja zu weit nach links abgekommen! Versuch doch mehr nach rechts, gegen den Wind, zu kommen!« – Oder: »Was drehst du dich so dumm im Kreis herum? Richte dich nach dem Schnee, wie er gerade liegt, dann kommst du sicher auf den Weg!« – Oder: »Nach rechts, nach rechts, Bruder! Siehst du, dort steht etwas Schwarzes, ich glaube, es ist ein Pfahl.« – Oder: »Was drehst du dich wieder im Kreis? Um Himmels willen! Spann doch den Schecken aus und lass ihn vorauslaufen: Er wird dich schnell und sicher auf den Weg bringen. So muss es besser gehen!«

Der Mann, der diese Ratschläge erteilte, war nicht nur zu faul, um das Nebenpferd auszuspannen oder den Weg im Schnee zu suchen, sondern auch, um die Nase aus seinem Mantelkragen herauszustecken; Ignaschka rief ihm auf einen seiner Ratschläge zu, er möge doch selbst vorausfahren, wenn er so gut wisse, wohin man fahren solle; der Ratgeber gab zur Antwort, dass er gern vorausfahren und leicht den richtigen Weg finden würde, wenn er nur die Kurierpferde hätte. »Meine Pferde werden bei diesem Sturm nicht vorauslaufen wollen«, schrie er, »denn es sind nicht solche Pferde.«

»Dann rede auch nicht drein!«, antwortete ihm Ignaschka und pfiff munter seinen Pferden zu.

Der andere Fuhrknecht, der mit dem Ratgeber im selben Schlitten saß, sagte nichts zu Ignaschka und mischte sich überhaupt nicht ein, obgleich er gar nicht schlief: Sein Pfeifchen glomm ununterbrochen, und sooft wir hielten, hörte ich seine monotone Stimme. Er erzählte ein Märchen. Einmal nur, als Ignaschka zum sechsten oder siebten Mal hielt, ärgerte er sich wohl darüber, dass die Fahrt, die ihm solches Vergnügen bereitete, unterbrochen wurde, und schrie ihm zu: »Nun, was stehst du schon wieder? Er will, scheint es, wirklich den Weg finden! Man sagt dir ja: Es ist der Schneesturm! Selbst der Feldmesser würde jetzt den Weg nicht finden; du solltest lieber vorwärts fahren, solange die Pferde noch ziehen. So Gott will, werden wir wohl nicht erfrieren … Vorwärts!«

»Warum nicht gar! Im vorigen Jahr ist ja ein Postillion erfroren!«, mischte sich mein Kutscher ein.

Der Fuhrknecht in der dritten Troika hatte die ganze Zeit über geschlafen. Als wir einmal hielten, rief ihm der Ratgeber zu: »Philipp! He, Philipp!«, und als er keine Antwort erhielt, bemerkte er: »Ob er nicht erfroren ist? Geh doch hin, Ignaschka, und schau nach.«

Ignaschka, der alles tun musste, ging auf den hintersten Schlitten zu und begann, den Schlafenden zu schütteln.

»Sieh einer, von einem Viertel Schnaps ist er schon umgefallen! Wenn du erfroren bist, so sag's!«, redete er auf ihn ein, indem er ihn hin und her rüttelte.

Der Schläfer brummte etwas in den Bart und begann zu schimpfen.

»Er lebt noch, Brüder!«, sagte Ignaschka und lief wieder voraus. Wir fuhren weiter und sogar so schnell, dass das kleine braune Nebenpferd, das mein Kutscher ununterbrochen mit der Peitsche schlug, zuweilen in einen ungeschickten Galopp verfiel.

*

Es wird Mitternacht gewesen sein, als der alte Fuhrknecht und Wasilij, die den davongelaufenen Pferden nachgeeilt waren, zu uns zurückkamen. Sie hatten die Pferde eingefangen und uns eingeholt; wie sie uns aber im finsteren, blinden Schneesturm in der kahlen Steppe gefunden hatten, blieb mir für immer ein Rätsel. Der Alte ritt, mit den Ellenbogen und Beinen schlenkernd, auf dem Gabelpferd (die beiden anderen Pferde waren an dem Kummet angebunden: Im Schneesturm darf man die Pferde nicht frei laufen lassen). Als er meinen Schlitten erreichte, begann er von Neuem auf meinen Kutscher zu schimpfen: »Das nenn ich einen schieläugigen Teufel! Wirklich ...«

»Seht doch: Da ist ja Onkel Mitritsch!«, rief der Märchenerzähler aus dem zweiten Schlitten. »Lebst du noch? Komm zu uns herauf.«

Der Alte gab ihm aber keine Antwort und fuhr fort zu fluchen. Als er glaubte, es sei genug, ritt er an den zweiten Schlitten heran.

»Hast du alle eingefangen?«, fragte man ihn aus dem Schlitten.

»Wie denn sonst?«

Und seine gedrungene Gestalt legte sich während des Trabs auf den Rücken des Pferdes, sprang dann in den Schnee, lief, ohne auch nur einen Augenblick stehen zu bleiben, um den Schlitten herum und schwang sich von hinten hinein, wobei die Beine über den hinteren Schlittenrand hoch in die Luft ragten. Der große Wasilij setzte sich schweigend auf seinen früheren Platz im vordersten Schlitten zu Ignaschka und begann mit ihm zusammen den Weg zu suchen.

»Wie er nur so fluchen kann … Herrgott im Himmel!«, murmelte mein Kutscher vor sich hin.

Dann fuhren wir lange, ohne haltzumachen, über die weiße Wüste im kalten, durchsichtigen und schwankenden Lichtschein des Schneesturms. Wenn ich die Augen öffne, sehe ich immer dieselbe plumpe Mütze und denselben beschneiten Rücken vor mir aufragen, denselben Kopf des Gabelpferds mit der schwarzen, vom Wind gleichmäßig zur Seite gewehten Mähne unter dem niedrigen Krummholz zwischen den straff gespannten Zugriemen auf und nieder wippen; hinter dem Kutscherrücken sehe ich dasselbe rechte braune Nebenpferd mit dem kurz aufgebundenen Schweif und dem Strangholz, das ab und zu gegen die Vorderwand des Schlittens klopft. Blicke ich nach unten, so sehe ich denselben Pulverschnee; die Kufen wühlen ihn auf, und der

Wind wirbelt ihn unaufhörlich empor und trägt ihn immer in der gleichen Richtung fort. Vor mir gleiten immer im selben Abstand voneinander die drei anderen Troikas; rechts und links flimmert es weiß. Vergeblich sucht das Auge nach einem neuen Gegenstand: weder Pfahl noch Heuschober noch Zaun – nichts ist zu sehen. Ringsum ist alles weiß, weiß und beweglich: Bald erscheint der Horizont unendlich weit, bald von allen Seiten eingeengt und kaum zwei Schritt breit; bald türmt sich zur Rechten eine hohe weiße Mauer auf und läuft mit uns mit, dann verschwindet sie und taucht nach einer Weile vor uns auf, um eine Zeit lang vor uns herzulaufen und dann wieder zu verschwinden. Wenn ich hinaufschaue, erscheint mir der Himmel im ersten Augenblick ganz hell, und durch den Nebel sehe ich die Sterne; sie fliehen aber vor meinem Blick in die Höhe und entschwinden, und ich sehe nichts als den Schnee, der an meinen Augen vorüber auf mein Gesicht und meinen Pelzkragen fällt; der Himmel ist überall gleichmäßig hell, gleichmäßig weiß, farblos, eintönig und in steter Bewegung. Der Wind scheint alle Augenblicke seine Richtung zu wechseln: Bald bläst er mir ins Gesicht und verklebt mir die Augen mit Schnee, bald wirft er mir, um mich zu ärgern, von der Seite den Pelzkragen über den Kopf und tätschelt mir damit neckisch das Gesicht, bald brummt er von hinten durch irgendein Loch.

Ich höre das leise, doch unaufhörliche Knirschen der Kufen und Hufe im Schnee und das Klingen der Schellen; es verhallt, sooft wir in tiefen Schnee geraten. Nur ganz selten, wenn wir über Eiskrusten und gegen den Wind fahren, dringt Ignats energisches Pfeifen und das muntere Läuten des Glöckchens mit der widerhallenden, zitternden Quinte an mein Ohr; diese Töne stören so unerwartet und so angenehm die düstere Stimmung der Wüste; dann klingt wieder eintönig, mit unerträglicher Genauigkeit immer dieselbe Weise, die ich in das Schellengeläute hineinlege. Mir beginnt ein Fuß zu frieren, und wenn ich mich umdrehe, um mich besser einzuhüllen, gleitet mir der Schnee, der sich auf Kragen und Mütze angesammelt hat, auf den Hals und lässt mich erschauern; im Allgemeinen fühle ich mich in meinem erwärmten Pelz recht wohlig, und mich überkommt der Schlummer.

*

Erinnerungen und Vorstellungen zogen in raschem Wechsel in meinem Geist vorüber.

Was mag wohl der Ratgeber, der immer aus dem zweiten Schlitten herüberschreit, für ein Mann sein? Wahrscheinlich ist er rothaarig, stämmig und kurzbeinig, denke ich mir, vom selben Schlag wie unser früherer Küchenmeister Fjodor Filipytsch. Und da sehe ich plötzlich die Treppe unseres großen Hauses und fünf Mann der leibeigenen Dienerschaft, die, schwer einhertappend, auf Handtüchern ein Klavier aus dem Seitengebäude hinüberschleppen; ich sehe auf Fjodor Filipytsch, wie er die Ärmel seines Nanking-Rocks aufgekrempelt hat, mit einem Pedal in der Hand vorausläuft, die Riegel öffnet, hier an einem der Handtücher zieht, dort etwas nachschiebt, zwischen den Beinen der Träger durchkriecht, allen im Weg ist und mit besorgter Stimme kommandiert: »Ihr vorderen dort, nehmt die Last mehr auf euch! So, mit dem Schwanzende hinauf, noch mehr hinauf! In die Tür hinein! So ist's recht!«

»Erlauben Sie doch, Fjodor Filipytsch! Wir werden schon allein fertig«, wendet der Gärtner schüchtern ein, der, an das Treppengeländer gedrückt, über und über rot vor Anstrengung, mit letzten Kräften das eine Ende des Klaviers festhält. Aber Fjodor Filipytsch will sich nicht beruhigen.

Was hat er eigentlich?, frage ich mich. Hält er sich wirklich für so nützlich und unentbehrlich, oder freut er sich einfach darüber, dass Gott ihm diese selbstbewusste und überzeugende Beredsamkeit gegeben hat, die er nun mit solchem Genuss verschwendet? Es wird wohl wirklich so sein. Und ich sehe ganz unvermittelt einen Teich, das ermüdete

Hofgesinde, das, bis an die Knie im Wasser watend, ein Netz herauszieht, während Fjodor Filipytsch mit einer Gießkanne in der Hand am Ufer hin und her rennt, alle anschreit und sich nur von Zeit zu Zeit dem Wasser nähert, um das trübe Wasser aus der Kanne herauszulassen und frisches nachzufüllen, wobei er die golden schimmernden Karauschen mit der einen Hand festhält. – Und dann ist es ein Julimittag. Ich gehe irgendwohin über das frisch gemähte Gras des Gartens unter den brennenden senkrechten Sonnenstrahlen; ich bin noch sehr jung, mir fehlt etwas, ich will etwas. Ich gehe zum Teich, an meine Lieblingsstelle zwischen den Heckenrosen und der Birkenallee, und lege mich schlafen. Ich kann mich noch gut an das Gefühl erinnern, mit dem ich im Liegen durch die roten stachelbesetzten Stämme der Heckenrosen auf das schwarze, trockene, körnige Erdreich und den hindurchschimmernden grellblauen Spiegel des Teichs blickte. Es war das Gefühl einer naiven Selbstzufriedenheit und Trauer. Alles um mich herum war so schön, und diese Schönheit wirkte stark auf mich ein, dass es mir schien, ich sei auch selbst schön und gut; das Einzige, was mich ärgerte, war, dass mich niemand bewunderte. – Es ist heiß. Ich will einschlafen, um mich zu trösten; doch die Fliegen, die unausstehlichen Fliegen, lassen mich auch hier nicht in Ruhe: Sie sammeln sich um mich und hüpfen unaufhörlich, hart wie Kirschkerne, von meiner Stirn auf die Hände. In meiner Nähe summt in der Sonnenglut eine Biene; gelb beschwingte Schmetterlinge flattern träge von Halm zu Halm. Ich blicke hinauf, die Augen schmerzen mir – die Sonne scheint zu grell durch das hellgrüne Laub der lockigen Birke, die hoch über mir ganz leise ihre Zweige bewegt –, und die Sonnenglut erscheint mir noch unerträglicher. Ich bedecke mir das Gesicht mit einem Tuch; nun wird es mir schwül, und die Fliegen kleben mir förmlich an den schwitzenden Händen. Im Dickicht der Heckenrosen machen sich Sperlinge zu schaffen. Einer von ihnen springt einen Schritt von mir entfernt auf die Erde, tut einige Male so, als pickte er energisch die Erde, und fliegt, lustig zwitschernd und in den Zweigen raschelnd, aus dem Gebüsch; dann springt ein zweiter Sperling herab, bewegt das Schwänzchen, schaut sich um und fliegt unter lebhaftem Gezwitscher wie ein Pfeil dem ersten nach. Vom Teich her höre ich die Schläge des Waschholzes auf die nasse Wäsche; sie hallen tief unten über dem Wasserspiegel nach. Ich höre das Lachen, Sprechen und Plätschern von Badenden. Ein Windstoß rauscht in den Gipfeln der Birken, zuerst fern von mir, kommt dann immer näher; ich höre, wie er das Gras bewegt; nun sehe ich, wie sich die Blätter der Heckenrosenbüsche auf ihren Zweigen hin und her wiegen; ein frischer Windhauch lüftet einen Zipfel des Tuches, mit dem ich mich bedeckt habe, und kitzelt mein schweißbedecktes Gesicht. Eine Fliege schlüpft unter das Tuch, wo es der Wind gelüftet hat, und schwirrt erschrocken um meine feuchten Lippen herum. Ein trockener Ast drückt mich in den Rücken. Nein, ich will nicht länger liegen, ich will baden gehen. Da höre ich ganz nah an der Hecke eilende Schritte und erschrockene Frauenstimmen: »Ach Gott! Was soll man nur tun? Und kein Mann in der Nähe!«

»Was ist denn los?«, frage ich, in die Sonne hinaustretend, eine Dienstmagd, die jammernd an mir vorüberläuft. Sie blickt sich nur um, fuchtelt mit den Händen und rennt weiter. Da läuft auch schon die siebzigjährige Matrjona; mit der einen Hand hält sie das Tuch fest, das ihr immer vom Kopf rutscht, und humpelt, den einen Fuß im wollenen Strumpf mühselig nachschleppend, zum Teich. Zwei kleine Mädchen laufen Hand in Hand; ein zehnjähriger Junge im Rock seines Vaters folgt ihnen im Laufschritt, wobei er sich am hanfleinenen Kleid eines der Mädchen festhält.

»Was ist geschehen?«, frage ich sie.

»Ein Bauer ist ertrunken.«

»Wo?«

»Im Teich.«

»Wer? Einer von den Unsrigen?«

»Nein, ein Fremder.«

Der Kutscher Iwan rennt, mit seinen großen Stiefeln beständig im gemähten Gras ausrutschend, zum Teich; auch der dicke Verwalter Jakow läuft ganz außer Atem, und ich laufe mit.

Ich kann mich noch an das Gefühl erinnern, das mir sagte: Spring ins Wasser, zieh den Bauern raus, und alle werden dich bewundern, und danach ging ja mein ganzes Streben.

»Wo ist es denn, wo?«, frage ich die Leute, die sich am Ufer drängen.

»Dort, an der tiefsten Stelle, mehr am anderen Ufer, beinahe an der Badehütte«, sagt die Wäscherin, während sie die nasse Wäsche auf das Tragholz lädt. Ich sehe, wie ein Mensch immer wieder untertaucht; bald zeigt er sich, bald taucht er wieder unter. Dann zeigt er sich erneut und schreit: »Mein Gott, ich ertrinke!«, und dann taucht er wieder unter, nur noch Luftblasen steigen auf. Da begreife ich erst, dass der Mann ertrinkt. Und ich schreie, was ich schreien kann: »Leute, ein Mann ertrinkt!« Die Wäscherin legt sich das Tragholz auf die Schulter und geht mit wiegenden Hüften auf dem Pfad vom Teich weg.

»Dieses Pech!«, sagt der Verwalter Jakow Iwanow ganz verzweifelt. »Was das jetzt für Scherereien mit dem Gericht geben wird, das wird kein Ende nehmen!«

Ein Bauer mit einer Sense drängt sich durch die

Menge der Weiber, Kinder und Greise, die auf dem anderen Ufer stehen, hängt seine Sense an einen Weidenast und zieht sich langsam die Bastschuhe aus.

»Wo ist es denn? Wo ist er ertrunken?«, frage ich in einem fort, beseelt von dem Wunsch, ins Wasser zu springen und irgend etwas Außergewöhnliches zu vollbringen.

Doch man zeigt mir nur die glatte Wasserfläche, die sich ab und zu im leisen Wind kräuselt. Ich kann unmöglich begreifen, wie er ertrunken ist, während das Wasser so glatt, schön und gleichgültig über ihm steht und golden in der Mittagssonne schimmert, und ich muss einsehen, dass ich nichts tun kann und niemanden in Erstaunen versetzen werde, vor allem da ich schlecht schwimme; der Bauer hat sich aber schon das Hemd über den Kopf gezogen und ist bereit, ins Wasser zu springen. Alle blicken mit angehaltenem Atem und voller Hoffnung auf ihn; doch als der Bauer so weit gelangt ist, dass ihm das Wasser bis an die Schultern reicht, kehrt er langsam zurück und zieht sich sein Hemd wieder an: Er kann nämlich gar nicht schwimmen.

Immer mehr Leute kommen herbei, die Menge wächst an, die Weiber klammern sich aneinander, doch niemand bringt Hilfe. Die Neuankommenden geben Ratschläge, jammern, und ihre Blicke drücken Entsetzen und Verzweiflung aus; einige derer, die schon früher da waren, sind müde vom Stehen und setzen sich ins Gras, andere gehen nach Hause. Die alte Matrjona fragt ihre Tochter, ob sie auch nicht vergessen habe, daheim den Ofen zu schließen; der Junge mit dem Rock seines Vaters wirft eifrig Steine ins Wasser.

Da kommt vom Haus her, bellend und sich verständnislos umschauend, Fjodor Filipytschs Hund Tresor gelaufen; dann taucht hinter der Rosenhecke auch Fjodor Filipytsch selbst auf; er rennt den Abhang hinunter und schreit.

»Was steht ihr so herum?«, ruft er, sich im Laufen seinen Rock anziehend. »Da ist ein Mensch am Ertrinken, und alle stehen nur da! Einen Strick her!«

Alle blicken mit banger Hoffnung auf Fjodor Filipytsch, während er, sich mit der Hand auf die Schulter eines dienstfertig herbeigesprungenen Knechtes stützend, mit der Spitze des linken Stiefels den rechten herunterzerrt.

»Es ist dort, wo die Leute stehen, rechts von der Weide, Fjodor Filipytsch, dort ist es!«, sagt jemand.

»Ich weiß schon«, antwortet er. Er zieht die Brauen zusammen – wohl als Antwort auf die Zeichen von Schamhaftigkeit, die die Weiber äußern –, zieht sich das Hemd aus, nimmt sich das Kreuz vom Hals, übergibt es dem Gärtnerjungen, der ehrerbietig vor ihm steht, und nähert sich, energisch über das gemähte Gras schreitend, dem Teich.

Tresor, der gar nicht begreifen kann, was diese ungewöhnlich schnellen Bewegungen seines Herrn bedeuten, bleibt vor dem Menschenhaufen stehen, rupft sich einige Hälmchen am Ufer, wirft einen fragenden Blick auf seinen Herrn und springt plötzlich, vergnügt winselnd, mit dem Herrn ins Wasser. Im ersten Augenblick sieht man nichts als Schaum und Wasserstaub, der bis zu uns herüberspritzt; da sieht man aber schon Fjodor Filipytsch in weiten Sätzen zum anderen Ufer schwimmen; graziös rudert er mit den Armen und hebt und senkt gleichmäßig den Rücken. Tresor, der etwas Wasser geschluckt hat, kehrt rasch um, schüttelt sich in der Nähe des Menschenhaufens das Wasser aus dem Fell und wälzt sich mit dem Rücken auf dem Ufer. In dem Augenblick, als Fjodor Filipytsch das andere Ufer erreicht, erscheinen zwei Kutscher mit einem zusammengerollten Fischernetz an der Weide. Fjodor Filipytsch wirft, man weiß nicht, warum, die Arme in die Höhe, taucht unter, einmal, zweimal, dreimal, wobei er jedes Mal einen Wasserstrahl aus dem Mund bläst, schüttelt anmutig die Haare und gibt auf keine der Fragen, mit denen man ihn von allen Seiten bestürmt, Antwort. Endlich steigt er ans Ufer und übernimmt, soweit ich sehe, nur die Oberleitung beim Auswerfen des Netzes. Das Netz wird herausgezogen, doch es enthält nichts als Schlamm, in dem einige kleinere Karauschen zappeln. Während das Netz wieder ausgeworfen wird, gehe ich an das andere Ufer hinüber.

Man hört nur die Kommandorufe Fjodor Filipytschs, das Plätschern des feuchten Strickes im Wasser und Seufzer des Entsetzens. Der nasse Strick, der an den rechten Flügel des Netzes gebunden ist, kommt, immer mehr mit Tang bedeckt, immer weiter und weiter aus dem Wasser hervor.

»So, jetzt! Zieht alle zusammen, auf Kommando!«, dröhnt Fjodor Filipytschs Stimme.

»Es ist etwas drin! Es geht so schwer, Brüder!«, sagt eine Stimme.

Nun kommen auch beide Flügel des Netzes, in denen zwei, drei kleine Karauschen zappeln, das Gras niederdrückend und befeuchtend, ans Ufer. Durch die dünne, schwankende Schicht des getrübten Wassers schimmert etwas Weißes im gespannten Netz. In der Menge ertönt ein leiser, in der Totenstille jedoch erstaunlich deutlich wahrnehmbarer Seufzer des Entsetzens.

»Zieht es heraus, alle auf einmal! Aufs Trockene!«, hört man Fjodor Filipytschs energische Stimme, und der Ertrunkene wird über die Stoppeln der abgemähten Kletten und Lattiche zur Weide gezogen.

Und ich sehe meine gute alte Tante in ihrem seidenen Kleid, ich sehe ihren lila Sonnenschirm, der unten eine Franse hat und so wenig zu diesem in seiner Einfachheit schrecklichen Bild des Todes passt, und ihr Gesicht, das in Tränen ausbrechen möchte. Ich erinnere mich noch an den Ausdruck von Enttäuschung auf diesem Gesicht, dass man in diesem Fall kein Arnika anwenden kann, und an das schmerzvolle Gefühl, das mich überkam, als sie mit ihrem naiven Egoismus der Liebe zu mir sagte: »Komm, mein Kind. Ach, es ist so schrecklich! Und du badest und schwimmst immer allein!«

Ich weiß noch, wie grell und glühend die Sonne auf die trockene, lockere Erde brannte; wie sie auf dem Spiegel des Teichs spielte; wie an den Ufern munter große Karpfen umherschwammen, während in der Mitte Schwärme winziger Fische den glatten Wasserspiegel kräuselten; wie hoch am Himmel ein Habicht seine Kreise zog, über den jungen Entchen schwebend, die plätschernd und lärmend durch das Schilf in die Mitte des Teichs herausschwammen; wie sich weiße, flockige Gewitterwolken am Horizont ansammelten; wie sich der vom Netz ans Ufer gebrachte Schlamm allmählich wieder im Wasser verlor und wie ich, auf dem Damm vorübergehend, wieder die über den Teich hallenden Schläge des Waschholzes hörte.

Doch das Waschholz klingt so, als klängen zwei Waschhölzer in einer Terz zusammen, und dieser Klang quält und peinigt mich, um so mehr, als ich weiß, dass das Waschholz eigentlich eine Glocke ist, die Fjodor Filipytsch nicht zum Schweigen bringen will. Und dieses Waschholz presst mir wie ein Folterwerkzeug meinen frierenden Fuß zusammen – und ich schlafe ein.

Ich erwachte, weil wir, wie mir schien, sehr schnell fuhren und zwei Stimmen dicht neben mir sprachen.

»Ignat! Hör mal, Ignat!«, sagt die Stimme meines Fuhrknechts, »nimm meinen Fahrgast zu dir hinüber – du musst ja sowieso fahren, was soll ich aber umsonst meine Pferde abhetzen? Nimm ihn doch!«

Ignats Stimme antwortet dicht neben mir: »Glaubst du, dass es mir ein Vergnügen ist, die Verantwortung für einen Fahrgast zu tragen? … Spendierst du mir dafür einen Halben?«

»Gleich einen Halben! … Wenn es schon sein muss – ein Viertel …«

»Was du nicht sagst – ein Viertel!«, ruft eine andere Stimme dazwischen. »Für ein Viertel soll man die Pferde abhetzen?«

Ich öffne die Augen. Noch immer derselbe unerträgliche wirbelnde Schnee, ich sehe dieselben Fuhrknechte und Pferde, doch neben mir fährt ein fremder Schlitten. Mein Kutscher hat Ignat eingeholt, und wir fahren längere Zeit nebeneinander. Obgleich die Stimme aus dem hinter uns fahrenden Schlitten empfiehlt, es nicht billiger als für einen Halben zu tun, hält Ignat doch plötzlich seine Troika an.

»Lade ihn um, in Gottes Namen! Du hast Glück. Das Viertel wirst du mir morgen, wenn wir ankommen, ausgeben. Ist viel Gepäck dabei, he?«

Mein Kutscher springt mit einer ihm gar nicht eigenen Behendigkeit in den Schnee und bittet mich unter Verbeugungen, zu Ignat umzusteigen. Ich bin damit vollkommen einverstanden; der gottesfürchtige Bauer ist offenbar außer sich vor Glück und muss seine Freude und Dankbarkeit durchaus in Worte ergießen: Unter fortwährenden Verbeugungen bedankt er sich bei mir, Aljoschka und Ignat.

»Nun, Gott sei Dank! Wie wäre es denn sonst, du lieber Gott! Die halbe Nacht fahren wir schon und wissen selbst nicht, wohin. Er wird Sie schon hinbringen, Väterchen, meine Pferde können nicht mehr.«

Und er beginnt mit großem Eifer, mein Gepäck abzuladen.

Während sie das Gepäck umluden, ging ich mit dem Wind, der mich förmlich trug, zum zweiten Schlitten. Er war – besonders von der Seite, wo sich die beiden Fuhrknechte zum Schutz gegen den Wind den Mantel über ihren Köpfen aufgespannt hatten, zu einem Viertel verschneit; hinter dem Mantel war es aber windstill und behaglich. Der Alte lag noch immer mit hinausgehängten Beinen da, und der Märchenerzähler fuhr in seiner Erzählung fort: »Zu derselben Zeit, als der General also im

Namen des Königs zu Maria ins Gefängnis kommt, zu derselben Zeit sagt ihm also Maria: ›General! Ich bedarf deiner nicht und kann dich nicht lieben, du bist also nicht mein Geliebter; denn mein Geliebter ist der nämliche Prinz …‹«

»Zu derselben Zeit …«, fuhr er fort; doch als er mich sah, hielt er inne und begann sein Pfeifchen anzublasen.

»Nun, Herr, sind Sie auch hergekommen, um das Märchen mit anzuhören?«, sagte der andere, den ich den Ratgeber genannt hatte.

»Bei euch ist es ja so gemütlich und lustig!«, sagte ich.

»Was fängt man aus Langeweile nicht alles an? So macht man sich wenigstens keine Gedanken.«

»Wisst ihr vielleicht, wo wir jetzt sind?«

Diese Frage schien den Fuhrknechten nicht zu gefallen.

»Wer soll sich da auskennen, wo wir sind? Vielleicht sind wir gar zu den Kalmücken geraten«, antwortete der Ratgeber.

»Was werden wir denn anfangen?«

»Was wir anfangen werden? Wir fahren ja, vielleicht kommen wir noch irgendwo heraus«, sagte er mit verdrießlicher Stimme.

»Und wenn wir nicht herauskommen und die Pferde im Schnee stecken bleiben, was dann?«

»Was soll dann sein?! Nichts.«

»Wir können ja erfrieren.«

»Gewiss können wir das: Es sind ja weit und breit keine Heuschober zu sehen – folglich sind wir wirklich zu den Kalmücken geraten. Wir müssen uns vor allen Dingen nach dem Schnee richten.«

»Du fürchtest gar, zu erfrieren, Herr?«, fragte der Alte mit zitternder Stimme.

Obwohl er sich wohl über meine Angst lustig machte, konnte ich ihm ansehen, dass er bis auf die Knochen durchgefroren war.

»Ja, es wird bitterkalt«, sagte ich.

»Ach, Herr! Du solltest es machen wie ich: von Zeit zu Zeit aus dem Schlitten steigen und eine Strecke laufen – so wirst du dich wärmen.«

»Am besten läufst du hinter dem Schlitten her«, sagte der Ratgeber.

*

»Jetzt können Sie kommen: alles fertig!«, rief mir Aljoschka aus dem vorderen Schlitten zu.

Der Sturm war so stark, dass ich die wenigen Schritte, die mich vom Schlitten trennten, nur mit großer Mühe zurücklegen konnte; ganz vornübergebeugt und mit beiden Händen die Schöße des Pelzmantels festhaltend über den lockeren Schnee, den der Wind unter meinen Füßen aufwirbelte.

Mein früherer Kutscher kniete bereits in der Mitte des Schlittens; als er mich sah, zog er seine große Mütze, wobei der Wind wütend seine Haare packte und nach oben richtete, und er bat mich um ein Trinkgeld. Er hatte wohl gar nicht erwartet, dass ich ihm eins geben würde, denn meine abschlägige Antwort betrübte ihn nicht im Geringsten. Er dankte mir auch dafür, setzte seine Mütze wieder auf und sagte: »Vergelt's Gott, Herr …« Dann zog er die Zügel an, schmatzte mit den Lippen und fuhr an uns vorbei. Gleich darauf gab sich auch Ignaschka einen Ruck und rief die Pferde an. Wieder wurde das Heulen des Windes, das besonders laut zu hören war, wenn wir hielten, vom Knirschen des Schnees unter den Hufen, den Rufen der Fuhrknechte und dem Schellengeläute abgelöst.

Etwa eine Viertelstunde blieb ich nach dem Umsteigen wach und vertrieb mir die Zeit damit, die Gestalt meines neuen Kutschers und seine Pferde zu studieren. Ignaschka saß wie ein Held auf dem Bock, hüpfte auf und nieder, schwang die Hand mit der herabhängenden Peitsche über den Pferden, stieß kurze Schreie aus, schlug einen Fuß an den anderen und beugte sich alle Augenblicke vor, um den Schweifriemen des Gabelpferds geradezurichten, der immer nach rechts hinüberrutschte. Ignaschka war nicht sehr groß, schien aber gut gebaut. Über dem kurzen Pelzrock trug er einen weiten kamelhaarenen Mantel ohne Gürtel; der Mantelkragen war fast ganz zurückgeschlagen und ließ den Hals frei; er trug keine Filz-, sondern Lederstiefel und eine kleine Mütze, die er ständig abnahm und geraderückte. Die Ohren waren nur durch die Haare geschützt. Alle seine Bewegungen zeugten weniger von Energie als von dem Bestreben, sich zur Energie anzuspornen. Doch je länger wir fuhren, desto öfter sprang er empor, rutschte auf dem Bock hin und her, schlug einen Fuß an den anderen und zog mich oder Aljoschka ins Gespräch: Ich hatte den Eindruck, dass er fürchtete, den Mut zu verlieren. Er hatte auch allen Grund dazu. Seine Pferde waren zwar gut, doch der Weg wurde mit jedem Schritt beschwerlicher, und man sah, dass die Pferde immer weniger Luft zum Laufen hatten: Er musste sie schon ab und zu mit Peitschenhieben ermuntern, und das Gabelpferd, ein kräftiges, großes, zottiges Pferd, war schon einige Male gestolpert; vor Schreck zog es jedoch jedes Mal mit starkem Ruck wieder an und warf den zottigen Kopf so hoch empor, dass er beinahe die Schellen berührte. Das rechte Nebenpferd, das ich unwillkürlich beobachtete, ließ zugleich mit der langen Quaste des Schweifriemens, die an der Feldseite baumelte und hin und her sprang, merklich die Stränge herabhängen und verlangte nach der Peitsche; da es aber doch ein gutes, sogar feuriges Pferd war, ärgerte es sich, wie es schien, über seine eigene Schwäche und hob und senkte unwillig den Kopf, als wollte es, dass man die Zügel fester anziehe. Es war wirklich unheimlich anzusehen, wie Schneesturm und Frost immer stärker, die Pferde immer schwächer, der Weg immer schlechter wurde und wir gar nicht wussten, wo wir uns befanden und wie wir fahren sollten, um, wenn auch nicht zur Station, doch wenigstens zu irgendeinem Obdach zu gelangen; komisch und befremdend war es anzuhören, wie die Schellen trotzdem unentwegt und heiter klangen, wie munter und keck Ignaschka die Pferde anschrie, als führen wir bei frostklarem, sonnigem Wetter an einem Feiertag auf der Dorfstraße spazieren; am seltsamsten war aber der Gedanke, dass wir ununterbrochen und in schnellster Fahrt von der Stelle kamen. Ignaschka stimmte irgendein Lied an; er sang zwar mit ziemlich widerwärtiger Fistelstimme, aber so laut und mit so häufigen Pausen, die er mit Pfeifen ausfüllte, dass es beinahe unmöglich war, ängstlich zu werden, wenn man ihm zuhörte.

»He! He! Was brüllst du so, Ignat?«, erklang die Stimme des Ratgebers.

»Was?«

»Haaaaalt!«

Ignat hielt an. Wieder begann der Wind zu heulen und zu pfeifen, während die anderen Laute verstummten und der Schnee in größeren Mengen in den Schlitten wirbelte. Der Ratgeber kam zu uns heran.

»Was gibt's denn?«

»Was es gibt? Wohin fahren wir?«

»Wer weiß, wohin!«

»Sind dir die Beine erfroren, dass du so trampelst?«

»Sie sind ganz steif.«

»Du solltest ein wenig gehen; dort sehe ich etwas wie ein Kalmückenlager. Geh hin, wirst dir dabei die Beine wärmen.«

»Gut. Halt inzwischen die Pferde, hier sind die Zügel …«

Und Ignat lief in der angegebenen Richtung fort.

»Man muss immer aufpassen und ab und zu auch ein wenig gehen, dann findet man auch was. Was soll man so ohne Weg und Steg fahren?«, wandte sich der Ratgeber an mich. »Sieh nur, wie er die Pferde in Schweiß gejagt hat!«

Während Ignat auf der Suche war – und das dauerte so lange, dass ich schon fürchtete, er habe sich verirrt –, trug mir der Ratgeber in selbstbewusstem, ruhigem Ton vor, wie man sich bei einem Schneesturm zu verhalten habe: wie man am besten das Pferd ausspannen und frei laufen lassen solle – es werde schon, so wahr Gott lebt, den richtigen Weg finden –, wie man sich auch nach den Sternen richten könne und wie gewiss wir schon auf der Station wären, wenn er und nicht Ignat die Führung hätte.

»Nun, hast du was gefunden?«, fragte er Ignat, als dieser, mit Mühe im beinahe kniehohen Schnee watend, zurückkam.

»Es ist wirklich etwas wie ein Kalmückenlager zu sehen«, antwortete Ignat ganz atemlos, »man weiß aber nicht, was für eins es ist. Ich glaube, wir sind gar in die Nähe des Pargolowschen Gutes geraten. Wir müssen mehr nach links fahren …«

»Was redest du für Unsinn! Das sind ja die Kalmückenlager, die hinter unserem Dorf liegen«, entgegnete der Ratgeber.

»Ich sage nein!«

»Mir genügt ein Blick. Ich weiß schon, dass es doch so ist; und wenn nicht, dann ist es Tamyschewskoje. Wir müssen uns mehr rechts halten, dann kommen wir gerade an der großen Brücke bei der achten Werst heraus.«

»Aber ich sag nein! Ich hab's ja gesehen!«, erwiderte Ignat ärgerlich.

»Ei, Bruder! Und du willst Fuhrmann sein!«

»Gewiss will ich einer sein! Geh mal selbst hin.«

»Was soll ich gehen! Ich weiß es auch so.«

Ignat wurde offenbar böse; ohne zu antworten, sprang er auf den Bock und trieb die Pferde an.

»Sieh mal an, meine Füße sind so steif geworden, dass ich sie gar nicht mehr wärmen kann«, sagte er zu Aljoschka, wobei er immer öfter die Beine aneinanderschlug und den Schnee, der sich in seinen

Stiefelschächten angesammelt hatte, herausholte und abschüttelte.

Mich überkam furchtbare Schläfrigkeit.

*

Erfriere ich denn schon?, dachte ich im Einschlafen. Es ist heiß, das Erfrieren beginnt immer damit, dass man einschläft. Ich möchte schon lieber ertrinken als erfrieren – mag man mich dann mit dem Netz herausziehen; im Übrigen ist es mir einerlei, ob ich erfriere oder ertrinke, wenn mich nur dieser Stock, oder was es ist, nicht im Rücken drückte und wenn ich sanft einschlummern könnte.

Für einen Augenblick schlummerte ich ein.

Doch wie wird das alles enden?, frage ich mich plötzlich, für eine Minute die Augen öffnend und in den weißen Raum hinausblickend. Wie wird das alles enden? Wenn wir keine Heuschober finden und wenn die Pferde stehen bleiben, was anscheinend bald geschehen wird, werden wir wohl alle erfrieren. Obgleich ich mich auch etwas fürchtete, muss ich gestehen, dass der Wunsch, etwas Außergewöhnliches und einigermaßen Tragisches zu erleben, in mir doch stärker war als die nicht allzu große Furcht. Es schien mir gar nicht so übel, wenn uns die Pferde in halberfrorenem Zustand erst gegen Morgen von selbst in irgendein fernes, unbekanntes Dorf brächten und wenn einige von uns sogar gänzlich erfroren wären. Ähnliche Gedanken gingen mir mit ungewöhnlicher Klarheit und Schnelligkeit durch den Kopf. Die Pferde sind stehen geblieben, der Wind häuft immer mehr und mehr Schnee an, und nun kann man nur noch die Ohren und Krummhölzer der Pferde sehen. Plötzlich erscheint irgendwo oben Ignaschka mit seiner Troika und fährt an uns vorüber. Wir flehen ihn an und schreien, dass er uns mitnehmen möchte, doch der Wind trägt unsere Stimmen fort, und sie verhallen unhörbar. Ignaschka lacht, schreit seinen Pferden etwas zu, pfeift und entschwindet in einem tiefen, schneeverwehten Graben unseren Blicken. Der Alte springt auf ein Pferd, schlenkert mit den Ellenbogen und will davonsprengen, kann sich aber nicht von der Stelle rühren; mein früherer Fuhrknecht mit der großen Mütze fällt über ihn her, zerrt ihn vom Pferd herunter und tritt ihn in den Schnee. »Du bist ein Hexenmeister!«, schreit er ihm zu. »Du kannst gotteslästerlich fluchen! Wollen wir zusammen herumirren?« Doch der Alte arbeitet sich mit dem Kopf aus dem Schneehaufen heraus; er ist nicht mehr der Alte, sondern ein Hase, und er rennt von uns fort. Alle Hunde rennen ihm nach. Der Ratgeber, der eigentlich Fjodor Filipytsch ist, sagt, wir möchten uns alle im Kreis hinsetzen; es mache nichts, wenn wir vom Schnee verweht würden, wir würden es dann wärmer haben. Es ist uns wirklich warm und gemütlich, nur haben wir Durst. Ich hole meine Reisetasche hervor, gebe allen Rum mit Zucker zu trinken und trinke auch selbst mit großem Behagen. Der Märchenerzähler erzählt irgendein Märchen vom Regenbogen, und da wölbt sich schon eine Decke aus Schnee und ein Regenbogen über uns. »Jetzt soll sich ein jeder im Schnee eine Kammer bauen, und dann wollen wir schlafen!«, sage ich. Der Schnee ist weich und warm wie Pelzwerk. Ich baue mir eine Kammer und will hineingehen; doch Fjodor Filipytsch, der mein Geld in der Reisetasche bemerkt hat, sagt: »Wart! Gib dein Geld her! Musst ja sowieso sterben!«, und mit diesen Worten packt er mich am Bein. Ich gebe ihm mein ganzes Geld und bitte nur, man möchte mich loslassen; sie glauben mir aber nicht, dass dies mein ganzes Geld ist, und wollen mich töten. Ich ergreife die Hand des Alten und beginne sie mit unsagbarer Wonne zu küssen: Die Hand ist zart und süß. Zuerst will er sie mir entreißen, überlässt sie mir aber dann und beginnt mich sogar mit der anderen Hand zu liebkosen. Doch da naht schon Fjodor Filipytsch und droht mir. Ich laufe in mein Zimmer; es ist aber kein Zimmer, sondern ein langer, weißer Korridor, und jemand hält mich an den Beinen fest. Ich reiße mich los. In der Hand dessen, der mich festhält, bleibt meine Kleidung und ein Teil meiner Haut zurück; doch ich empfinde nur Kälte und Scham – ich schäme mich um so mehr, als mir meine Tante mit dem Sonnenschirm und ihrer homöopathischen Apotheke Arm in Arm mit dem Ertrunkenen entgegenkommt. Sie lachen und verstehen die Zeichen nicht, die ich ihnen mache. Ich werfe mich in den Schlitten, meine Beine schleifen im Schnee nach, doch der Alte rennt, mit den Ellenbogen schlenkernd, hinterher. Er hat mich schon beinahe erreicht; da höre ich aber vor mir zwei Glocken läuten, und ich weiß, dass ich gerettet bin, wenn ich sie erreiche. Die Glocken tönen immer lauter und lauter; doch der Alte hat mich bereits eingeholt und ist mit dem Bauch über mein Gesicht gefallen, sodass ich das Glockengeläute kaum noch hören kann. Wieder ergreife ich seine Hand und beginne sie zu küssen; doch der Alte ist nicht mehr der Alte, sondern der Ertrunkene, und er schreit: »Ignaschka! Halt, da sind schon, scheint mir, die Heuschober von Achmetka! Geh mal hin und schau nach!« Das ist schon schrecklich. Nein, ich will lieber erwachen …

Ich öffne die Augen. Der Wind hat mir den Schoß von Aljoschkas Mantel übers Gesicht geworfen, und eines meiner Knie ist unbedeckt; wir fahren über eine nackte Eiskruste, und die Terz der Schellen mit der klirrenden Quinte tönt ungemein hell durch die Luft.

Ich schaue nach den Heuschobern; doch statt ihrer sehe ich, schon im Wachen, ein Haus mit einem Balkon und eine zackige Festungsmauer. Das Haus und die Festung interessieren mich recht wenig: Viel lieber möchte ich wieder den weißen Korridor, durch den ich gelaufen bin, sehen, die Kirchenglocken hören und die Hand des Alten küssen. Ich schließe die Augen wieder und schlafe ein.

*

Ich schlief fest; doch die ganze Zeit hindurch hörte ich die Terz der Schellen, und im Schlaf erschien sie mir bald als ein Hund, der sich bellend auf mich stürzte, bald als eine Orgel, in der ich eine der Pfeifen war, bald als ein französisches Gedicht, das ich verfasste. Dann erschien sie mir wieder als ein Marterwerkzeug, mit dem mir jemand unaufhörlich die rechte Ferse zusammenpresste. Der Schmerz war so stark, dass ich erwachte, die Augen öffnete und mir den Fuß rieb. Er begann bereits zu erfrieren. Um mich her war noch immer dieselbe helle, trübe, weiße Nacht. Der Schlitten rüttelte nach wie vor im selben Takt; derselbe Ignaschka saß seitwärts auf dem Bock und schlug die Beine aneinander; dasselbe Nebenpferd lief mit gestrecktem Hals, mit Mühe die Beine hebend, im Trab durch den tiefen Schnee; die Quaste am Schweifriemen sprang auf und nieder und schlug an den Bauch des Pferdes. Der Kopf des Gabelpferds mit der im Wind flatternden Mähne wippte gleichmäßig auf und nieder, die an das Krummholz gebundenen Zügel bald spannend und bald lockerlassend. Doch alles war noch mehr vom Schnee verweht. Vorn wirbelte der Schnee, verschüttete rechts und links die Schlittenkufen und die Pferdebeine bis an die Knie und fiel von oben auf unsere Kragen und Mützen. Der Wind kam bald von rechts, bald von links, spielte mit meinem Kragen, mit den Schößen von Ignaschkas Mantel, mit der Mähne des Nebenpferds und fuhr heulend durch das Krummholz und zwischen die Femerstangen.

Es war entsetzlich kalt geworden; kaum streckte ich den Kopf aus dem Mantelkragen hervor, als mir der trockene, eisige Schnee wirbelnd auf Wimpern, Mund und Nase fiel und hinter den Kragen drang; ringsum war alles weiß, hell und schneeig, nichts als nebliges Licht und Schnee. Ich bekam ernstlich Angst. Aljoschka schlief zu meinen Füßen auf dem Boden des Schlittens; sein ganzer Rücken war von einer dicken Schneeschicht bedeckt. Ignaschka ließ seinen Mut nicht sinken: Alle Augenblicke zog er die Zügel an, stieß kurze Schreie aus und schlug die Beine aneinander. Die Schellen klangen immer noch wundervoll. Die Pferde schnaubten; sie stolperten immer öfter, liefen aber weiter, wenn auch etwas langsamer. Ignaschka sprang wieder auf, fuchtelte mit einem Handschuh und stimmte mit seiner dünnen Fistelstimme ein Lied an. Ohne das Lied zu Ende zu singen, hielt er plötzlich die Troika an, warf die Zügel über den Vorderteil des Schlittens und stieg aus. Der Wind heulte wütend; der Schnee fiel in unglaublichen Mengen auf unsere Mäntel. Ich blickte zurück: Die dritte Troika war nicht mehr hinter uns (sie war irgendwo zurückgeblieben). Durch den Schneenebel konnte ich sehen, wie der Alte am zweiten Schlitten von einem Fuß auf den anderen hüpfte. Ignaschka ging etwa drei Schritt zur Seite, setzte sich in den Schnee, löste seine Gürtel und begann sich die Stiefel auszuziehen.

»Was machst du da?«, fragte ich ihn.

»Ich muss die Fußlappen wechseln, denn mir sind beinahe die Füße abgefroren«, antwortete er, in seiner Beschäftigung fortfahrend.

Mir war es zu kalt, den Hals aus dem Kragen hervorzustrecken, um zu sehen, wie er das machte. Aufrecht saß ich da und blickte auf das Seitenpferd, das, ein Bein zurückgesetzt, müde den aufgebundenen schneebedeckten Schweif bewegte. Der Stoß, den Ignat dem Schlitten versetzte, als er auf den Bock sprang, weckte mich.

»Was gibt's, wo sind wir jetzt?«, fragte ich. »Werden wir noch vor Tagesanbruch am Ziel sein?«

»Machen Sie sich keine Sorgen, wir werden Sie schon hinbringen«, gab er mir zur Antwort. »Jetzt, da ich die Fußlappen gewechselt habe, habe ich wunderbar warme Füße bekommen.«

Er fuhr los, die Schellen erklangen, der Schlitten begann wieder zu schwanken, und der Wind pfiff unter den Kufen hin. Und wir segelten weiter über das endlose Schneemeer.

*

Ich war fest eingeschlafen. Als Aljoschka mich weckte, indem er mich mit dem Fuß anstieß, und ich die Augen öffnete, war es schon Morgen. Der Frost schien noch stärker als in der Nacht. Es schneite nicht mehr, doch der heftige, trockene Wind wirbelte noch immer den Schneestaub im Feld empor, besonders aber unter den Hufen der Pferde und den Schlittenkufen. Der Himmel war rechts im Osten von einer bleiernen graublauen Farbe; doch immer heller und heller traten grelle, rotgelbe, schräge Streifen auf ihm hervor. Über meinem Kopf sah ich hinter den dahineilenden weißen, kaum von der Morgenröte gefärbten Wolken ein blasses Blau hervorschimmern; links waren die Wolken hell, leicht und beweglich. Ringsumher, so weit das Auge reichte, lag weißer, in scharf begrenzten

Schichten aufgewehter tiefer Schnee in der Steppe. Hier und da ragte ein grauer Erdhügel, über den unaufhörlich feiner, trockener Schneestaub wirbelte. Nirgends war eine Spur zu sehen, weder die eines Schlittens noch eines Menschen, noch eines Tieres. Die Umrisse und die Farben des Kutscherrückens und der Pferde waren selbst auf weißem Hintergrund deutlich zu sehen … Der Rand von Ignaschkas dunkelblauer Mütze, sein Kragen, seine Haare und sogar seine Stiefel waren weiß. Der Schlitten war gänzlich verweht. Die ganze rechte Hälfte des Kopfes und des Schopfes des Gabelpferds war mit einer Schneekruste bedeckt; die Beine des Nebenpferds waren bis an die Knie verschneit, und das ganze schweißige Hinterteil war zottig geworden und rechts mit Schnee beklebt. Die Quaste hüpfte auf und nieder im Takt jener Melodie, die mir gerade in den Sinn kam, und auch das Nebenpferd lief im gleichen Takt; nur an seinem eingefallenen Bauch, der sich hob und senkte, und an den herabhängenden Ohren konnte man erkennen, wie sehr es abgehetzt war. Ein einziger neuer Gegenstand lenkte meine Aufmerksamkeit auf sich: ein Werstpfahl, von dem der Schnee auf die Erde herabfiel; der Wind hatte zu seiner rechten Seite einen ganzen Berg angehäuft und warf den Pulverschnee noch immer von der einen Seite auf die andere. Es wunderte mich sehr, dass wir eine ganze Nacht, volle zwölf Stunden lang, mit denselben Pferden gefahren waren, ohne zu wissen, wohin, mit häufigeren Pausen, und schließlich doch irgendwo angelangt waren. Unsere Schellen schienen lustiger zu klingen. Ignat schlug alle Augenblicke seinen Mantel vorn zusammen und schrie die Pferde an; hinter uns schnaubten die Pferde und tönten die Schellen der Troikas des Alten und des Ratgebers; doch den Fuhrknecht, der geschlafen hatte, hatten wir endgültig hinter uns verloren. Nachdem wir noch eine halbe Werst weitergefahren waren, gerieten wir auf eine frische, noch kaum verwehte Spur einer Troika; hie und da waren hellrote Blutflecken auf dem Schnee zu sehen, wahrscheinlich von einem Pferd, das sich in das Eisen gehauen hatte.

»Das muss Philipp sein! Sieh mal an, er ist noch früher angekommen als wir!«, sagte Ignaschka.

Da steht auch schon am Weg mitten im Schnee ein einsames Häuschen mit einem Schild; es ist fast bis an das Dach und die Fenster verweht. Vor der Schenke steht ein Dreigespann von Grauschimmeln; sie sind von Schweiß zottig geworden und stehen mit gespreizten Beinen und traurig gesenkten Köpfen da. Vor der Tür ist gefegt; auch eine Schaukel steht da; doch der heulende Wind weht und wirbelt immer neuen Schnee vom Dach herab.

Auf unser Schellengeläute erscheint ein großer rothaariger Fuhrknecht mit einem Glas Branntwein in der Hand vor der Tür und ruft uns etwas entgegen. Ignaschka wendet sich zu mir um und bittet um Erlaubnis zu halten. Da sehe ich zum ersten Male seine Fratze.

*

Sein Gesicht war gar nicht dunkel, trocken und geradnasig, wie ich es anhand seines Haars und seiner Figur erwartet hatte. Es war eine runde, lustige, stumpfnasige Fratze mit großem Mund und hellblauen, runden Augen. Die Wangen und der Hals waren rot, wie mit einem Tuchlappen abgerieben; die Augenbrauen, die langen Wimpern und der Flaum, der gleichmäßig den unteren Teil seines Gesichts bedeckte, waren mit Schnee verklebt und über und über weiß. Bis zur Station hatten wir nur noch eine halbe Werst zu fahren; wir hielten an.

»Mach schnell«, sagte ich.

»In einer Minute«, antwortete Ignaschka, sprang vom Bock und ging zu Philipp.

»Gib her, Bruder«, sagte er, den rechten Handschuh und die Peitsche in den Schnee werfend. Dann warf er den Kopf zurück und stürzte in einem Zug das Glas Schnaps hinunter, das Philipp ihm gereicht hatte.

Aus der Tür trat der Schankwirt, anscheinend ein

gedienter Kosake, mit einer Schnapsflasche in der Hand.

»Wem soll ich einschenken?«, fragte er.

Der lange Wasilij, ein hagerer, blonder Kerl mit einem Ziegenbart, und der dicke Ratgeber mit weißen Wimpern und Augenbrauen und dichtem, weißem Vollbart, der sein rotes Gesicht umrahmte, traten vor und tranken jeder ein Glas. Auch der Alte ging auf die Trinkenden zu, man schenkte ihm aber nicht ein; er ging zu seinen hinter dem Schlitten angebundenen Pferden und streichelte eines von ihnen über Rücken und Hinterteil.

Der Alte sah genauso aus, wie ich ihn mir vorgestellt hatte: klein, hager, mit einem runzligen, blau angelaufenen Gesicht, einem dünnen Bärtchen, einer spitzen Nase und stumpfen gelben Zähnen. Er trug eine nagelneue Kutschermütze und einen schäbigen, mit Teer beschmierten und an Schultern und Schößen zerrissenen Halbpelz, der nicht einmal seine Knie und die hanfleinenen Unterhosen, die in den riesengroßen Filzstiefeln steckten, bedeckte. Er war ganz zusammengeschrumpft, hielt sich gekrümmt und machte sich, an allen Gliedern zitternd, am Schlitten zu schaffen, offenbar, um sich zu wärmen.

»Nun, Mitritsch, hol dir doch ein Viertel! Das wird dich ordentlich wärmen«, sagte der Ratgeber.

Mitritsch zuckte zusammen. Er rückte den

Schweifriemen seines Pferdes und das Krummholz zurecht und ging auf mich zu.

»Nun, wie wäre es, Herr?«, fragte er, zog die Mütze von seinem grauen Haar und verbeugte sich. »Wir sind ja die ganze Nacht zusammen umhergeirrt, haben den Weg gesucht – ein Viertel könnten Sie schon spendieren. Wirklich, Väterchen, Durchlaucht! Ich habe ja nichts, um mich zu wärmen«, fügte er mit einem unterwürfigen Lächeln hinzu.

Ich schenkte ihm fünfundzwanzig Kopeken. Der Wirt brachte ein Viertel Schnaps und reichte es dem Alten. Er zog sich einen Handschuh aus, legte die Peitsche weg und streckte seine kleine, dunkle, raue, etwas blau angelaufene Hand nach dem Glas aus; doch sein Daumen wollte ihm nicht gehorchen: Er konnte das Glas nicht halten, ließ es in den Schnee fallen und verschüttete den ganzen Schnaps.

Alle Fuhrknechte brachen in schallendes Lachen aus.

»Seht doch, der Mitritsch ist so erfroren, dass er nicht einmal den Schnaps halten kann!«

Mitritsch aber war sehr traurig darüber, dass er den Schnaps verschüttet hatte.

Man schenkte ihm jedoch ein zweites Glas ein und goss es ihm in den Mund. Er wurde sofort lustig, machte einen Sprung in die Schenke, zündete sich die Pfeife an und begann mit seinen gelben, stumpfen Zähnen zu grinsen und bei jedem Wort, das er sprach, unflätig zu schimpfen. Nachdem das letzte Viertel ausgetrunken war, gingen die Fuhrknechte zu ihren Troikas, und wir fuhren weiter.

Der Schnee wurde immer weißer und blendender, sodass es den Augen weh tat, ihn anzusehen. Die orangefarbenen und roten Streifen am Himmel zogen höher und höher und wurden greller und greller; da kam hinter den graublauen Wolken am Horizont auch schon die rote Sonnenscheibe zum Vorschein, und das Blau wurde leuchtender und dunkler. Auf der Landstraße vor dem Dorf waren deutliche, gelbliche Schlittenspuren zu sehen; stellenweise war der Weg ausgefahren und schlecht. In der frostigen, herben Luft spürte ich eine eigentümlich angenehme Leichtigkeit und Frische.

Meine Troika lief sehr schnell. Der Kopf und der Hals des Gabelpferds mit der um das Krummholz flatternden Mähne wippte schnell, fast immer genau an der gleichen Stelle, unterhalb der Liebhaberschellen, deren Zünglein an den Wandungen nicht mehr anschlugen, sondern nur schabten. Die kräftigen Nebenpferde hatten die hartgefrorenen schiefen Stränge angezogen und liefen energisch vorwärts; die Riemenquaste schlug gegen Bauch und Schweifriemen. Zuweilen geriet eines der Nebenpferde von der eingefahrenen Straße in einen Schneehaufen und arbeitete sich geschickt heraus, wobei uns der Schnee in die Augen stob. Ignaschka schrie mit seiner lustigen Tenorstimme die Pferde an; der trockene Frost knirschte unter den Kufen; hinter uns klangen hell und festlich die Schellen und die trunkenen Rufe der Fuhrknechte der beiden anderen Schlitten. Ich blickte mich um: Die grauen, zottigen Nebenpferde sprangen mit gestrecktem Hals und gleichmäßig verhaltenem Atem bei verhängten Zügeln durch den Schnee. Philipp schwang die Peitsche und rückte seine Mütze zurecht; der Alte lag noch immer mit hochgezogenen Beinen mitten im Schlitten.

Zwei Minuten darauf knirschte der Schlitten über die vom Schnee gesäuberten Bretter der Stationsauffahrt; Ignaschka wandte mir sein schneeverwehtes, frostatmendes, lustiges Gesicht zu und sagte: »Nun, haben wir Sie doch an Ort und Stelle gebracht, Herr!«

J. V. Widmann

Gletschertour mit Hund

Dass man die Berner Alpen noch spät im Jahr mit Genuss bereisen kann, dafür habe ich als Gewährsmann, wenn es überhaupt einen solchen braucht, keinen Geringeren als den jungen Goethe zu nennen, der mit seinem Herzog bis in die ersten Novembertage des Jahres 1779 hinein die Schweizer Gebirge durchwanderte und unter anderem am 11. Oktober von Grindelwald aus an Frau von Stein berichtete: »Wir sahen noch vor der Abendmahlzeit den sogenannten unteren Gletscher, der bis ins Tal dringt, und dann die herrliche Eishöhle, woraus das Eiswasser seinen Ablauf hat, und suchten Erdbeeren in dem Hölzchen, das gleich daneben steht.«

Von den trefflichen Bergwirtshäusern, die man jetzt allerorten im Berner Oberlande antrifft, war damals noch keines gebaut. »Wir aßen bei einem Bauer, was wir mitgenommen hatten«, heißt es wiederholt in jenen Briefen an Frau von Stein. Hier und da musste ein leerstehender Käsespeicher eines Sennen augenblicklichen Unterschlupf gewähren.

Das heutige Touristengeschlecht – die kühnen Alpengänger natürlich ausgenommen – ist verzärtelter und anspruchsvoller. Wenn die Herbsttage kommen, und mag noch so viel Sonnengold auf allen Matten liegen, werden die Bergwege unseres Hochgebirges einsam.

Diejenigen aber, die eine ernsthafte Alpenliebe im Herzen tragen, nicht bloß der Flatterherrschaft der Mode frönen, die sagen zu sich selbst um diese Zeit: Jetzt ist meine Stunde gekommen.

So ergriff auch ich den Bergstock zum großen Jubel meines Schnauzerhündchens, das mich auf solchen Ausflügen begleiten darf und vor Freude außer sich kommt, sobald ich die Lodenjoppe anziehe und den Tornister hervorhole. Ahnungsloses, armes Tierchen! Du hättest deine wilden Luftsprünge und dein fast jauchzendes Bellen gespart, hättest du voraussehen können, welche Not dir diesmal bevorstand. Aber auch ich wusste es ja nicht, und so traten wir beide wohlgemut unsere herbstliche Wanderung an.

Schon auf dem Dampfschiffe des Thunersees, den wir am späten Nachmittag befuhren, zeigten sich die Eisgipfel der Hochalpen in einer Klarheit, wie sie in diesem ganzen, doch so wunderbar schönen Sommer niemals gestrahlt hatten. Man mochte glauben, plötzlich mit Adleraugen beschenkt worden zu sein, wenn man imstande war, auf der fernen

Schneewand des Mönchs oder des Eigers gleichsam die Furchen zu zählen, in denen die Staublawinen zu Tal fahren.

Interlaken ließ ich links liegen und ging von der obersten Dampfschiffstation des Thunersees gleich geradeaus an jenem Abend noch zu Fuß nach Lauterbrunnen. Rosig erglühte im letzten Abendschein über der schon dunkeln Talschaft die das Land gleichsam absperrende Jungfrau. Dann erbleichte sie plötzlich, und bis Lauterbrunnen war mein nächtlicher Weg nur durch zwei Erscheinungen belebt: die in unbeschreiblicher Klarheit funkelnden Sterne hoch oben und hier und da ein Aufleuchten weißen Schaumes in dem wilden Bergwasser, in der Lütschine, deren Rauschen das ganze Tal erfüllte.

Der nächste Morgen brachte mich auf die Höhe der Kleinen Scheidegg, an Wengernalp vorüber. Das im Hochsommer oft so beschwerliche Steigen – wie leicht ging es heute bei kühlem, aber ganz hellem Herbstwetter vor sich. Jenseits der Schlucht, welche die Wengernalp von den nahen Gletschern der Jungfrau trennt, sah ich durchs Fernrohr vier tapfere Männer sich auf dem Eise des Jungfraujoches emporarbeiten. Sie hatten den beschwerlichsten, in diesem Jahre noch von niemand begangenen Weg ausgewählt. Unter »Weg« sind natürlich nur die Stufen zu verstehen, die sie sich Schritt für Schritt mit ihren Eispickeln in den Gletscher meißelten. Es waren aber auch Hochtouristen ersten Ranges, von großem Ruf: ein Herr W. E. Davidson vom Auswärtigen Amt in London und sein Freund H.S. Hoare mit zwei erprobten Führern von Meiringen.

Angesichts solcher Leistung da drüben an der Jungfrau, wo eben jetzt, um die Mittagsstunde, in Pausen von nur zehn Minuten zwei donnernde Lawinen niedergingen, konnte ich wahrhaftig nicht den gewöhnlichen, allbegangenen Touristensaumpfad nach Grindelwald hinabtrotten. Ein Führer fand sich glücklicherweise auf der Scheidegg im Wirtshause, und mit ihm schlug ich den längs der Felswand des Eigers sich hinziehenden Weg nach dem Grindelwalder Eismeere ein, »nur rüstigen Fußgängern ratsam«, wie in den Reisebüchern zu lesen steht. Nun! Rüstig genug fühlte ich mich in dieser herrlichen, die Nerven stählenden Luft, und mit wahrer Lust schritt ich hinter dem Führer über Matten, bergauf, bergab, durch Steingeröll, durch ausgeblühte Alpenrosenfelder und über jene abschüssigen glatten Steinplatten, die einmal in der Breite einer Viertelstunde alle Vegetation unterbrechen. Das ging so mehrere Stunden lang, immer in der Höhe. Und hier war mir die für den Herbst seltene Freude beschieden, eine noch blühende blassrote Alpenrose zu pflücken. Erdbeeren aber und Heidelbeeren gab es in Menge.

Nun gelangten wir an das Eismeer, das in der

Breite und in der Länge die Ausdehnung ungefähr einer Stunde hat. Aber der Gletscher sah nicht gut aus. Statt uns eine geneigte Fläche zuzukehren, wies er uns zum Willkomm nur einzelne hohe, sägeartig oder turmartig ragende Zacken. Die sonst zwischen diesen Zacken bestehende Verbindung war in diesem heißen Sommer stark abgeschmolzen. »Wie kommen wir da hinauf?«, fragte ich. Der Führer schüttelte den Kopf, sagte aber doch: »Es wird schon gehen.« Und nun wählte er den solidesten der Eistürme aus und begann ihn mit dem Eispickel zu bearbeiten. Als er ein paar Stufen gehauen hatte, kletterte er mittels derselben höher, hieb weitere Stufen und gelangte durch diese systematisch und mit großem Geschick betriebene Arbeit wirklich auf die Spitze des Eisturmes, von wo aus er mir zurief, dass es nun schon leichter gehen werde, die nächste Spitze und von dort die ebenen Flächen des Gletschers zu erreichen. Ich ließ mir also das Seil zuwerfen, dessen anderes Ende der Führer fest in den Händen hielt, und so kletterte ich ihm nach, innerlich erfreut, dass ich an dieser glatten Wand wenigstens nicht bergab zu gehen brauchte.

Kaum stand ich oben, als ein jammervolles Winseln mich erinnerte, dass da unten noch einer sei, der ohne Hilfe nicht herauf gelangen könne. Mein armes Schnauzerchen! Was war zu tun? Ihm das Seil zuwerfen, dass er es mit den Zähnen fasse und sich heraufziehen lasse? Er ist ein gescheites Hundevieh; aber das wäre doch zu viel von ihm verlangt gewesen. Es blieb nichts übrig, als dass entweder der Führer oder ich uns noch einmal zurückwagten und den Hund herauftrugen. Aber ich traute mir's nicht zu, an der steilen Eiswand heil hinunter zu gelangen, und jedenfalls konnte ich nachher den Hund nicht hinauftragen. Hatte ich doch vorhin bei freien Händen Mühe genug gehabt, die Kletterei glücklich zu beenden.

Also war es jetzt an mir, das Seil zu halten, an dem der Führer sich hinabließ, um das Hündchen zu holen. Aber siehe, sowie sich der Führer dem ängstlich uns beobachtenden Tiere näherte, nahm es vor ihm Reißaus und lief mit wütendem und doch zugleich bangem Gebell zurück auf den Weg, von wo wir gekommen waren, verkroch sich unter ein Felsstück und dann, als der Führer es dort fassen wollte, unter dichtes Dorngebüsch; kurz, es ließ sich nicht fangen, weil es offenbar um keinen Preis den Gletscher betreten wollte. Zu spät erinnerte ich mich, dass es mir schon einmal am Bossomgletscher des Montblanc eine ähnliche Szene gespielt hatte. Dort aber hatten wir Zeit vollauf gehabt – es war vormittags gewesen im Hochsommer –, und so hatten wir damals nicht geruht, bis wir das Tier eingefangen hatten, und dann trug es der savoyische Führer über den ganzen Gletscher.

Hier war die Lage eine ernstere. Schon glühte jener ungeheure Eis- und Schneezirkus, der in gewaltigem Ring das Eismeer umfasst, im letzten Abendschein eines kurzen Herbsttages. Der Führer erklärte, dass die Dunkelheit uns nicht auf dem Gletscher überraschen dürfe, denn selbst bei Tageshelle werde es ihm einige Mühe kosten, den rechten Weg zum Überschreiten ausfindig zu machen. Fast täglich verändert sich ja ein Gletscher, neue Risse und Schründe entstehen über Nacht. Das kanonenschussähnliche Donnern, das solche Veränderungen begleitet, kennen alle Hochtouristen, die eine Nacht in der Nähe eines Gletschers zugebracht haben. »Wir müssen den Hund zurücklassen« – das war endlich die bestimmte, keinen Widerspruch mehr duldende Erklärung meines Führers. Ungern ergab ich mich darein. Mein einziger Trost war das Vertrauen auf die Intelligenz meines Hündchens, und außerdem gelobte ich mir, anderen Tages von Grindelwald hinaufzusteigen und alsdann den armen kleinen Kerl aus seinem ungeheuren Gefängnis in der Wildnis des Gebirges zu erlösen. Noch ein letztes angelegentliches Locken. Vergebens! Wohl kam das Tierchen winselnd zum Vorschein, aber fassen ließ es sich nicht.

»Also weiter in Gottes Namen!«

Wir überschritten das Eismeer unter mancherlei Schwierigkeiten, die noch größer gewesen wären, wenn wir dabei den Hund hätten tragen müssen. Eine volle Stunde brauchten wir; noch oft mussten Stufen gehauen werden; auch tat das Seil gute Dienste. Während dieser Zeit gellten fortwährend von der Seite her, die wir verlassen hatten, die Jammertöne des Hündchens, und wir konnten beurteilen, dass das Tier, je nachdem wir auf dem Gletscher stiegen oder abwärts gingen, uns am Ufer des gefrorenen Stromes aufwärts und abwärts folgte.

Jenseits des Eismeeres befindet sich ein nur im Sommer geöffnetes kleines Wirtshaus Zur Bäreck. Dort hatten wir wieder festen Fels unter den Füßen und eilten nun bei pfeilschnell zunehmender Dämmerung auf einem gut erhaltenen Pfade dem Tale von Grindelwald zu. Hierbei unterließ ich nicht, immer in kurzen Pausen, so laut ich konnte, über den Gletscher hin meinen Hund bei seinem klassischen Namen (»Argos«) zu rufen. Und bald hatte ich die große Freude, ihn mit herzhaftem Gebell antworten zu hören. Es unterlag keinem Zweifel, auch er suchte sich dem Tale zu nähern, immer freilich von uns getrennt durch den bis hinab sich ziehenden unüberschreitbaren Gletscher. So begann ich auf eine Vereinigung unten im Talgrund zu hoffen. Aber ich brachte einen letzten steilen Felsabsturz nicht in Anschlag, der überm untern Grindelwaldgletscher jede Verbindung zwischen dem Gebirge und der Talschaft auf dieser Seite aufhebt.

Zwar gibt es an einer Stelle der Felswand eine Leiter, und der Führer meinte auch, dass ein Hündchen vielleicht seitlich von der Fluh durch geschickte Benützung einzelner schmaler Rasenbänder und gewisser vom Schnee- und Regenwasser ausgehöhlter Rinnsale unter besonders glücklichen Umständen zu Tal gelangen könnte. Aber über Leitern gehen nur dressierte Hunde im Hundetheater, und nun vollends bei Nacht, wie sie jetzt herrschte, wie sollte da das arme kleine Tier die Stellen ausfindig machen, die ihm vielleicht ein Hinabspringen gestatteten? Trotz dieser Überlegung hörte ich aber nicht auf, es mit Zuruf zu locken, hauptsächlich, damit es wisse, wohin ich gegangen, und damit es mir am nächsten Morgen vielleicht folgen könne. Das Hündchen beantwortete jeden Ruf mit scharfem Geheul, indessen immer von derselben Stelle aus, sodass wir sicher annehmen mussten, es befinde sich an einem Orte, von wo aus bei herrschender Dunkelheit ihm irgendwelches Weitergehen zu gefährlich scheine. Da gab ich das Locken auf, und betrübt über dieses Ende meines Ausfluges folgte ich dem Führer nach Grindelwald hinab, wo ich im Gasthof Zum Adler Quartier nahm.

Mein Zimmer ging nach dem Gebirge hinaus, das jenseits der Lütschine aus der Finsternis mit mattem Schneeglanze herüberschimmerte. In später Nachtstunde lag tiefe Stille über der Landschaft;

nur gedämpft drang das Rauschen des Flusses zu mir herauf. Da – plötzlich durch diese tiefe Stille aus weiter Ferne her ein lang gezogener Klageton, der mir allen Schlaf vertrieb trotz der Ermüdung nach solchem elfstündigen Wandern im Gebirge. Kein Zweifel, das war mein treues Tier, das dort droben auf dem Felsen nach mir heulte und seine Einsamkeit bejammerte. In der Fluglinie war die Entfernung wirklich nicht so groß, dass man sein Geheul nicht hätte vernehmen sollen, und dann wird die Akustik noch besonders verstärkt durch die halbkreisförmige Gestalt jenes Gebirges. Einen Augenblick hatte ich die Regung, durch einen starken, meinem Hunde wohlbekannten Pfiff zu antworten. Aber ich sagte mir, dass ich damit die Sehnsucht des Tieres nur vergrößern würde, ohne ihm augenblicklich helfen zu können. Also verhielt ich mich still und legte mich nieder, um morgen mit frischen Kräften den treuen Gesellen von seiner »Martinswand« erlösen zu können.

Es war wieder ein wundervoller Herbstmorgen oder eigentlich ein unbeschreiblich schöner Sommertag ohne jede Spur von Nebel, als ich frühzeitig mich erhob. Das Erste war natürlich, nach dem Berge hinüber zu lauschen. Aber dort war alles still. Hatte das Hündchen sich ruhig in sein Schicksal ergeben und schlief es vielleicht unter irgendeiner alten Wettertanne, bis ich es holte? Oder war es in der Nacht bei einem Versuche, den Weg ins Tal herabzutasten, in einen Abgrund gefallen und bereits verendet? Auch Füchse oder die in den Klüften des Eigers nicht allzu seltenen Raubvögel konnten sich an das zu wirksamer Verteidigung wenig befähigte kleine Tier gewagt haben, dessen Stimme schon der »Herold seiner Schwäche« war.

Unter solchen Zweifeln stieg ich am Gebirge empor, diesmal auf der Seite des Gletschers, wo ich gestern den Hund verlassen hatte. Mein Rufen war umsonst. Bis zu jener letzten Felswand drang ich vor, wo er noch nachts geweilt hatte. Kein Bellen, kein Winseln antwortete mir. Hier also konnte der Hund nicht mehr weilen. Somit kehrte ich eine Strecke zurück und stieg nun auf der anderen Seite des Gletschers wieder bis zu dem kleinen Wirtshause Zur Bäreck empor, wo ich in der Mittagsstunde anlangte. Die Leute daselbst versicherten mir, sie hätten einen Hund in der Nacht heulen hören bis gegen Morgen um vier Uhr, dann nicht mehr. Während ich mit ihnen noch sprach, langte elastischen Schrittes ein wohlgebauter, schlanker Engländer mit einem Führer an. Er goss eine Flasche Limonade hinab und berichtete flüchtig, er habe gestern das Jungfraujoch erklommen und diesen Morgen schnell im Vorbeigehen den Mönch bestiegen. Das war ohne jede Spur von Renommage einfach, schlicht hingeworfen. »Da sind Sie Mr. Davidson?«, sagte ich. –

»Der bin ich«, gab er zurück, und mit aufrichtiger Bewunderung sah ich mir den Mann an, der unsere höchsten Gipfel bewältigt, als ob dergleichen eine Spielerei wäre. Er ist ein sehniger, echter Hochschotte, von den Bergen seiner Heimat schon an Klettereien gewöhnt. Seinem Begleiter auf dem Jungfraujoch, Mr. Hoare, war die Besteigung des Mönchs indessen doch zu viel gewesen; so hatten sie sich getrennt. Und fast im Tanzschritt verließ jetzt Mr. Davidson die Bäreck, dem Meiringer Führer, der ihm etwas schwerfälliger, aber ebenfalls kerzengerade folgte, trockene Scherzworte zurufend.

Mit alledem hatte ich mein Hündchen nicht zurück. Auch Mr. Davidson und dessen Führer hatte ich nach dem Tiere gefragt, natürlich vergebens. So trat ich denn in gedrückter Stimmung den Rückweg an, immerhin nicht unempfänglich für all den unbeschreiblichen Glanz der mich umgebenden herrlichen Hochgebirgswelt und oft mich auch leiblich erquickend an den eiskalten Wässerchen, die da und dort dem Felsgestein entspringen. Den späten Nachmittag und Abend brachte ich noch mit Suchen am oberen Grindelwaldgletscher zu und mit Ausschreiben meines Tieres durch Zeitungsinserate und durch Postkarten an mir bekannte Gastwirte.

Anderen Tages kehrte ich nach Bern zurück, zu Fuß von Grindelwald bis an den Spiegel des

Thunersees, von dort mit Dampfschiff und Eisenbahn. Eine kleine Hoffnung lebte noch in mir, ich würde zu Hause den Hund antreffen, der am Ende allein den Heimweg mochte angetreten haben. Personen, denen ich davon sprach, lachten mich aus. »Ein so kleines Tier? Wo denken Sie hin?« Wirklich war er auch nicht da, und meine Hausgenossen teilten meine Betrübnis, mit ihnen ein lieber Freund aus Wien, der große Meister im Reich der Töne, der diese Nacht unter meinem Dache vorliebnahm.

Da – am Morgen bald nach sechs Uhr – welcher Schrei ertönt vor der die Wohnung absperrenden Glastür? Und ein Stoßen, Poltern, Kratzen! Alle liefen wir auf den Flur des Hauses, so, wie wir eben aus dem Bette kamen. Schnell die Tür auf! Ah! Wahrhaftig, er ist's!

Mit einem zweiten Schrei sprang das gute Tier in unsere Mitte, uns alle gleichsam auf einmal begrüßend. Dann sank es hin. Es war durch und durch nass, da in der Nacht starker Regen gefallen war, sein Pelzchen steckte voll Tannennadeln, seine armen Füße waren an den Ballen rot und geschwollen; auch eine Bisswunde hatte es am Nacken, und so abgemagert sah es aus, dass wir sofort begriffen, es habe seit Freitag bis Montag nichts mehr zu essen bekommen. Wir trockneten es ab, wir gaben ihm Milch zu trinken, wir badeten es später und glätteten sein straubiges Fell, und bei alledem schien es uns viel, unendlich viel erzählen zu wollen, was es leider verschweigen musste. Seither weiß ich, zum Teil durch direkte Mitteilungen von Gasthofbesitzern im Oberland, dass das Hündchen, ohne irgendwo sich greifen zu lassen, vom Eismeere bei Grindelwald den Weg längs der Eigerwand nach der Kleinen Scheidegg zurückgelaufen ist, von dort über die Wengernalp nach Lauterbrunnen, dann die Straße hinab über Unspunnen an den Thunersee, weiter längs dem See die vielen Stunden bis Thun und von dort noch gute fünf Stunden nach Bern.

Ich kann diese Mitteilung mit der erfreulichen Meldung beschließen, dass schon nach zwei Tagen mein Hündchen sich vollständig erholt hat. Verschiedene Blätter haben seiner Leistung Erwähnung getan; auch sind ihm »persönlich« einige Gratulationskarten zugesandt worden, ohne dass sein Charakter durch so viel allseitig ihm gespendetes Lob im Geringsten wäre verdorben worden.

Eduard von Keyserling

Winterwege

Obgleich der Himmel ganz mit tief niederhängenden grauen Wolken bedeckt war, herrschte doch in dem großen Wohnzimmer eine harte, kalte Helligkeit, wie stets, wenn das Land draußen voller Schnee lag. Oskar von Syritz und sein Nachbar, der alte Herr von Bassow, hatten die Sessel nah an das Feuer gerückt, zwischen ihnen stand das Tischchen mit dem Nachmittagskaffee und der Chartreuse. Die Herren sogen an sehr großen Zigarren. Das Mittagessen mit den vielen schweren Speisen und dem alten Burgunder war vorüber. Das machte ein wenig schläfrig. Oskar von Syritz begann in letzter Zeit stark zu werden, und wenn er den ganzen Vormittag über in den schweren Stiefeln durch den tiefen Schnee gestapft war, um überall nach dem Rechten zu sehen, dann spürte er das wohl später in den Gliedern, und die schläfrige Nachmittagsstunde am Kamin tat wohl. Er streckte die Beine aus, wechselte mit Bassow abgerissene Bemerkungen über Wintersaaten und ließ sich von dem Duft der Henry Clay und der gemütlichen

Ereignislosigkeit des stillen Hauses in einen sanften Rausch der Zufriedenheit wiegen. Ein wenig abseits von den Herren saß der Vetter Ottomar, der schöne Attaché. Seine Gestalt nahm sich überschlank aus in dem großen, schweren Sessel, den Kopf bog er auf die Lehne zurück und starrte mit seinen dunklen Augen, Odaliskenaugen hatte sie eine der vielen Damen, die für Ottomar schwärmten, genannt, zur Decke empor. Diese ländliche Behaglichkeit hatte für ihn eine große, fast erregende Melancholie. Anfangs hatte er sich hier gelangweilt, hier in dieser Ereignislosigkeit, unter diesen Menschen, die das Leben für eine Art mechanischer Beschäftigung hielten. Aber jetzt hatte er diese alltägliche Stille begriffen als das Warten auf das Ereignis, und zwar, das er, Ottomar, hier hereinbringen würde. Das gab zum Leben hier ein wunderlich erregendes Interesse. Gott, die da am Kamin sprachen jetzt von Kartoffeln, von einer Kartoffel, welche gut für Brennereizwecke war, und von einer anderen, einer guten Kochkartoffel. »Ja«, bemerkte Oskar, »Isa sagt auch, die rote Rose ist eine feine Tafelkartoffel.« Isa, dachte Ottomar, Isa ist eine Autorität in Kartoffeln, eine Autorität in vielen uninteressanten Dingen; sie, mit dem reichen, zu glatt gescheitelten Haar, den durchsichtig grauen Augen, der ein wenig tiefen, beruhigten Stimme, war eine schöne Verkörperung jener Ereignislosigkeit, die auf das

Ereignis wartet, sein Ereignis. Und zu fühlen, dass er wunderlich verwirrend auf diese Frau wirkte, die so friedlich war, dass sie im Ernst ihre fünfjährige Ehe mit dem dicken Oskar für Leben gehalten hatte, das war es, was ihn hier plötzlich mehr interessierte als all die Liebesgewohnheiten der großen Welt. Er lauschte in die Zimmerflucht hinein, ob er nicht ihren Schritt hörte, den resoluten Schritt, der das Parkett leise knacken ließ. Das war jetzt seine stete Beschäftigung, wenn Isa nicht da war. Jetzt kam sie. Die kräftige Gestalt im weichen, graublauen Wollkleid wiegte sich leicht beim Gehen in einer freien, ein wenig nachlässigen Bewegung. Sie musste draußen gewesen sein, denn ihre Wangen waren gerötet, die Lippen leuchtend rot. Sie blieb vor ihrem Mann stehen, legte die verschränkten Hände auf den Rücken und sagte: »Du, Oskar, ich fahre aus, du weißt, ich will die Weihnachtssachen den Häuslern am Sumpf bringen.« Oskar blinzelte schläfrig zu seiner Frau auf. »Ja, Kind, wer fährt denn mit? Jakob ist ja wieder mit deinen Aufträgen in der Stadt, wir kriegen noch mehr Schnee, und es wird bald dunkel.« Isa zuckte mit den Schultern. »Ach was, die alte Schimmelstute und ich, wir finden uns schon zurecht.« Da sprang Ottomar auf und rief: »Nein, Isa, natürlich fahren Sie nicht allein, ich fahre mit Ihnen.« Isa wandte ihr Gesicht ihm zu, es errötete, ein heißes, aufrichtiges Erröten der Freude. »Oh, wirklich, wollen Sie?« Oskar schaute die beiden ein wenig spöttisch an. »Na ja«, meinte er, »ich kann dich wohl meiner Frau anvertrauen; sie ist ein erfahrener Kutscher, da passiert dir nichts. Wenigstens bleibt auf der Landstraße und fahrt nicht durch den Wald.« Ottomar zog die Augenbrauen verächtlich empor; der arme Oskar glaubte wohl, er sei witzig. Isa schaute auf ihren Mann ärgerlich nieder; es fiel ihr plötzlich unangenehm auf, dass er so schwere, gefräßige Kinnbacken hatte. »Also, ich kleide mich an«, rief sie Ottomar zu und ging in ihre Zimmer. Während sie sich ankleidete, wunderte sie sich über sich selbst, über ihre Hände, die so wunderlich hastig und ungeschickt waren. Warum fand sie heute ihre Sachen nicht? Warum gingen die Knöpfe nicht schnell genug in die Knopflöcher? War das nicht einfach die Ungeduld der Freude, wie sie sie als kleines Mädchen gespürt hatte, wenn etwas Vergnügliches im Anzug war? Nein, sie wollte sich nicht wundern, über nichts wollte sie sich wundern, was in letzter Zeit die altgewohnten Beschäftigungen und Dinge, das altgewohnte Leben fremd und erregend machte. Möglichkeiten tauchten auf, an die sie nie gedacht hatte, über die sie auch nicht nachdenken wollte, aber sie wollte ihnen eine kurze Weile nahe sein. Ottomar hatte sie vorigen Tag gefragt: »Haben Sie nie den Rausch gekannt jener Augenblicke, in denen wir alles, was uns bisher unumstößlich schien, als etwas empfinden, das mit einer Handbewegung weggewischt werden könnte?« Sie hatte geantwortet: »Das verstehe ich nicht«, aber jetzt war es ihr zuweilen, als fühlte sie das, was er meinte.

Als Ottomar vor die Haustür trat, fand er Isa bereits im Schlitten sitzen. Es fiel ihm auf, wie ausgelassen lustig sie ausschaute mit dem kleinen, in die Stirn gerückten Pelzbarett und den großen Kutschhandschuhen. »So«, sagte sie und zog die Pelzdecke über Ottomars Knie, »bedecken Sie sich gut. Ja, ich fahre selber, mich kennt die Stute besser. Natürlich fahren wir doch durch den Wald, also vorwärts, Alte.« Unter den tief hängenden Wolken war die Luft ganz still und schwer von Feuchtigkeit. Der Schlitten fuhr durch den frischen Schnee mit einem leisen Rauschen, als glitte er über Seide hin, und die Hufschläge der Stute klangen leise und dumpf, als liefe sie auf Strümpfen. »Superb«, rief Ottomar, »alles so heimelig und geheimnisvoll. Ich weiß nicht, ich komme mir hier so eingepackt vor, die weiße Watte unten, die graue Watte oben, und wir liegen drin wie zwei Weihnachtspuppen.« Isa lachte. »Ach ja, das ist wahr, das war immer so. Wenn die Welt plötzlich voll von Schnee liegt und alles so anders aussieht und alles so leise wird, dann hatte ich von jeher das Gefühl, als sei es der Vorabend irgendeines Feiertags, so samstäglich wird einem zumute. Alles ist still und weiß, und das Gute wird gleich kommen.« – »Alles ist still und weiß, und das Gute wird gleich kommen«, wiederholte Ottomar und beugte sich vor, um Isa in das lächelnde Gesicht zu sehen. »Weiße Tücher über hübsche, kostbare Überraschungen gebreitet, so ist hier alles bei euch.« – »Wie? Alles?«, fragte Isa. »Gewiss, alles«, bestätigte Ottomar. »Sie auch, Isa, gerade Sie.« Isa schwieg. Es hatte begonnen zu schneien, große Flocken fielen langsam und immer dichter nieder und legten sich vorsichtig über die Fahrenden. Isa öffnete die Lippen, um die Schneeflocken mit ihnen zu fangen. »Das schmeckt gut«, sagte sie »Oh, wirklich«, meinte Ottomar und schaute begeistert zu, wie die großen weißen Flocken zwischen den lächelnden Lippen verschwanden. Dann versuchte auch er die Schneeflocken, wirklich, sie waren gut, sie hatten so etwas von einem ganz exotischen Sorbet. Jetzt bog der Weg in den Wald ein.

Unter den Bäumen herrschte tiefe Dämmerung, eine weiße Dämmerung. Die verschneiten Tannen waren den Fahrenden ganz nahe, streckten ihre Zweige über sie hin, schütteten weichen Schnee in den Schlitten. »Sehr gut so«, rief Ottomar begeistert, »noch fester eingepackt, noch fester mit Ihnen zusammengepackt. Lieben Sie nicht auch Pakete? Wenn so ein Paket von der Post kommt und auf meinem Tisch liegt, ich sehe nicht nach, woher es kommt, ich weiß nicht, was es enthält, ich mache es lange nicht auf, ich freue mich, dass es da liegt und mir etwas verspricht. Einmal bekam ich ein kleines weißes Packet, ich freute mich darüber, ließ es ungeöffnet liegen und ging aus. Als ich zurückkam, war das Paket fort. War es gestohlen? Wahrscheinlich. Aber an dieses kleine weiße Paket denke ich immer noch zuweilen.« – »Was ist das mit diesen Paketen?«, fragte Isa ungeduldig; warum sprach er nicht von ihr in seiner schwülen, erregenden Weise, die Isa ihr eigenes Wesen als etwas Unergründliches, Geheimnisvolles und Gefährliches empfinden ließ? »Diese Pakete sind ja wahrscheinlich ein Gleichnis. Bin ich so wie das kleine weiße Paket? Wenn Sie von mir sprechen, so sprechen Sie doch deutlicher. Also, wie bin ich?« –

»Sie, Isa«, sagte Ottomar leise, »das weiß ich nicht, das wissen wir beide nicht, das ist es ja, was uns beide quält. Solange über Ihnen Ihr Friede liegt wie eine kühle, reine, weiße Decke, werden wir das nie wissen.«

»Ach so«, versetzte Isa ein wenig geschäftsmäßig, »und Sie versuchen also, diesen Frieden zu stören?«

»Ja, Isa«, erwiderte Ottomar, »das will ich. Natürlich. Das tut jeder, der liebt. Menschen, die gesund und friedlich nebeneinander hergehen, die wissen nie, wer sie sind, die können sich auch nie lieben. Aber wenn die Seelen sich nah, schmerzhaft nah kommen, wenn eine die andere wie ein Fieber in sich fühlt, wenn zwei sich wehtun, Schmerzen teilen, eine Schuld teilen – dann, ja dann, dann wissen sie voneinander. Die kühle, weiße, friedliche Decke kann uns dann verdecken und verbergen, unter ihr leben wir das einzige Leben, das es gibt, denn nur das ist Leben, alles andere ist Tod oder mechanisches Abschnurren dummer Gewohnheiten, nur das –« Um sie her war es ganz finster geworden, die Zügel lagen nur lose in Isas Händen, die Schimmelstute suchte sich vorsichtig und sorgsam ihren Weg durch den tiefen Schnee. Ein lautes, gleichmäßiges Tönen ging durch die Nacht, ein Wind musste sich erhoben haben, in den Wipfeln begann es zu knistern und zu rauschen, überall der Ton, als glitten schwere, weiche Tücher herab, dazu stieg es dort, wo die Bäume auseinandertraten, wie weißer Rauch vom Lande auf, ein weites, kaltes Flirren in der Finsternis. Ottomars leise Stimme mit ihrem eintönigen, leidenschaftlichen Rhythmus, sie war ihr ganz nahe, diese Stimme, und sie löste alle Wirklichkeit auf und breitete über Isa die resignierte Spannung des Traumes, in der wir regungslos stillehalten und das Traumereignis in uns hineintrinken. Sie hörte den Wind über sich in den Wipfeln, sie fühlte, wie das Schneewehen kalt über ihr Gesicht strich, aber sie regte sich nicht, es war ihr, als müsste das so sein, und als ihr Kopf zurückgebogen wurde und zwei kühle Lippen sie küssten, war auch das etwas, was kommen musste. Wie lange sie so fuhren, wusste sie nicht, aber plötzlich wurde sie sich dessen bewusst, dass sie nicht mehr fuhren, sondern stillestanden. Isa schrak auf, wo waren sie? Warum waren sie nicht längst angekommen? In der Finsternis und dem Schneetreiben fiel es schwer, sich zurechtzufinden. Vor ihnen stand etwas Großes, Weißes. Es war beschneites Holz. »Die Alte hat uns auf einen Holzweg geführt«, sagte Isa ärgerlich, »wie kommen wir da heraus.«

»Ach, lassen Sie, Isa«, meinte Ottomar, »wir wollen hier einschneien, der Schnee wird uns ganz bedecken, Rehe werden uns beschnuppern.«

»Bitte, steigen Sie lieber aus und nehmen das Pferd an den Zügeln, ich gehe mich umschauen, wo ein Weg ist, wenn ich rufe, dann führen Sie das Pferd.« Isa verließ den Schlitten und watete durch den tiefen Schnee in die Dunkelheit hinein. Nach einer Weile hörte Ottomar ihre Stimme: »Hier, kommen Sie hierher, hier scheint ein Weg zu sein.«

»Sehr gut«, erwiderte Ottomar ein wenig kleinlaut, »aber der Schnee scheint sehr tief zu sein.«

»Sehr!«, klang es zurück.

»Und dann«, meinte Ottomar, »rührt dies unglückliche Tier sich nicht von der Stelle.« Isa lachte. »Warten Sie«, rief sie, »ich komme selbst.«

Als sie beide wieder im Schlitten saßen, begann

die Stute mühsam und umsichtig ihren Weg zu suchen. Der Schlitten schwankte wie ein Boot, zuweilen sank er tief in den Schnee ein, dann wieder stieß er hart an die Baumwurzeln. »Oh, wir kommen schon irgendwohin«, sagte Isa munter, »die Stute ist gewiss ihrer Sache sicher, sehen Sie, wie sie sich ins Zeug legt.« – »Das ist vielleicht ein Trost«, meinte Ottomar, »obgleich irgendwohin, und dann so ganz abhängig von einer alten Stute zu sein.« – »Sind Sie verstimmt?«, fragte Isa erstaunt. »Verstimmt«, wiederholte Ottomar ärgerlich, »wie man's nimmt, es ist nicht gerade angenehm, Schnee in den Stiefeln und hinter dem Kragen zu haben.« Isa schwieg einen Augenblick, denn sie fuhren über eine Lichtung, und das Schneewehen hüllte sie ganz in einen kalten Dampf, in eine weiße, bewegte Wolke. »Ich finde es herrlich«, begann Isa, als sie wieder unter den Bäumen waren, »die Erde ist fort, und wir fahren, fahren durch eine Wolke, und so ein angenehmer Schwindel schüttelt einen. Ich verstehe Sie überhaupt nicht, eben noch wollten Sie, wir sollen einschneien, die weiße Decke solle uns bedecken und die Rehe sollen uns beschnuppern, und jetzt … Ganz, ganz fern von allen andern, Sie und ich mitten in einem Abenteuer steckend, das ist doch das, wovon Sie sprachen, das bringt doch die Seelen ganz nahe.« – »Ich bin eben aus der Stimmung gekommen«, erwiderte Ottomar trocken, »ich liebe weiße

Decken, die nicht schmelzen, und Situationen, deren Ende sich absehen lässt.« Isa schwieg enttäuscht. Jetzt fuhren sie auf einem deutlich erkennbaren Wege, und plötzlich hielt die Stute vor zwei kleinen Häuschen, die wie spitze Schneehaufen unter den Tannen standen. »Sehen Sie, nun sind wir angekommen«, sagte Isa, »wo sind wir denn? Das ist ja die Häuslerei. Da sind wir weit abgekommen. Die zu Hause werden Mühe haben, uns zu finden. Kommen Sie.« Isa stieß eine niedrige Tür auf, sie traten in einen dunklen Raum, der nach kaltem Rauch und nassem Holz roch. Ergeben folgte ihr Ottomar. Eine andere Tür war geöffnet, durch die matter Lichtschein sie traf. Ottomar schaute in ein Zimmer, das eine dicke Luft wie mit Nebel füllte, eine Petroleumlampe qualmte dort. In einem Bett lag eine alte Frau mit einem wachsgelben Gesicht, auf niedrigen Bänken saßen Kinder, bleiche Kinder mit runden blassblauen Augen, wie kleine blonde Gespenster. Isa sprach mit einem Mädchen, sprach mit lauter, freundlicher Stimme, erklärte, sie hätten sich verirrt, fragte nach einem Vater. Ja, der Vater, hieß es, sei fortgegangen zum Doktor, weil die Großmutter meinte, sie wollte heute Nacht sterben, und da würde er wohl im Kruge sein. – Warum sie denn noch nicht schliefen? – »Eben der Großmutter wegen.« – »Hier ist ja noch ein zweites Zimmer«, sagte Isa, »kommen Sie, Ottomar.« In diesem zweiten Zimmer waren ein Bett, ein Stuhl und ein Tisch. »Setzen Sie sich«, befahl Isa, »hier sind wir zu Hause, ich gehe das Pferd in den Schuppen stellen, und dann muss etwas für die armen Leute geschehen, denken Sie sich, all die Kinder sitzen auf und warten auf den Tod der alten Frau. Das darf doch nicht sein.« Geschäftig ging sie wieder hinaus. Ottomar hatte sich gehorsam gesetzt, der schmelzende Schnee troff an seinem Pelz nieder, er fror, und ihm war elend zumute.

Durch die offene Tür schaute er in das andere Zimmer, sah die qualmende Petroleumlampe, die Bank, auf der regungslos die bleichen Kinder saßen, ein blau kariertes Kopfkissen, auf dem starr und böse das gelbe Gesicht der alten Frau lag, die heute sterben wollte. Wie war das alles traurig und hässlich. Warum musste ihm das alles so nahe sein, plötzlich zu ihm gehören? Arme Leute – wohltun – gut, gut. Aber ihn machte diese Luft krank, er konnte nichts dafür, das war nun einmal nicht sein Stil. Isa zwar tat, als sei das selbstverständlich und unterhaltend. Da kam sie wieder von draußen herein. Sie trug Pakete und Decken. Sie zog ihren Pelz aus, ging geschäftig ab und zu mit ihrem sorglos wiegenden Gang. Die Gestalt im blaugrauen Kleid sah wunderlich groß und farbig aus in dem niedrigen, verräucherten Raum. Dabei sprach sie mit einer lauten, hellen Stimme, als spräche sie mit heiteren, reinlichen Menschen. Sie klapperte mit Geschirr, stand am Herd und kochte etwas. Die kleinen, blonden Gespenster umringten sie und starrten sie aus farblosen Augen an. »Ihr sollt alle warmen Tee haben«, sagte Isa, »und dann geht alle ruhig schlafen, heute stirbt hier niemand.« Sie sagte noch etwas, das Ottomar nicht verstand, aber das Wunder geschah, dass die bleichen Gespensterchen alle heiser lachten. »Und die Großmutter trinkt auch warmen Tee«, fuhr Isa fort. – »Ja, ja«, ertönte klagend und knarrend die Stimme der alten Frau, »warmer Tee ist gut, denn Sterben ist kalt. Danke, danke, Sie sind eine heilige Dame.« – Ja, an Barmherzigkeit sich berauschen, dachte Ottomar, das lieben sie alle, so den Weihnachtsengel spielen. Aber konnte Isa denn nicht auch gegen ihn barmherzig sein, er fror, er war verstimmt, er fühlte eine Krankheit herannahen, das schien Isa alles nicht zu kümmern. Allmählich wurde es nebenan stiller, endlich ganz still. Nun erschien Isa in der Tür, die Augen sehr blank, lächelte sie Ottomar an. »Sie Armer, wie Sie da sitzen. Sie sind wohl nass. Sie frieren wohl, warum haben Sie nicht Feuer gemacht, da liegt ja Holz.« – »Ein Ofen, den ich schüren wollte«, erwiderte Ottomar traurig, »hat noch nie gebrannt.« Isa lachte. »Also nicht einmal das lernt ein Attaché.« Sie kniete vor dem Ofen nieder und machte Feuer. »Übrigens«, fuhr Ottomar fort, »ist es so gut wie sicher, dass ich eine

Lungenentzündung bekomme.« – »Schade«, erwiderte Isa, »ich glaubte, jetzt würden wir zusammen heiter sein. So ziehen Sie sich doch das nasse Zeug aus, ich seh nicht hin, legen Sie sich auf das Bett dort, ich bringe Ihnen Tee.« – »Auf das Bett dort soll ich mich legen«, versetzte Ottomar klagend, »und Tee trinken wahrscheinlich aus den grünen Töpfchen dort. Sie meinen es gut mit mir.« – »Gewiss«, sagte Isa ärgerlich, »wenn man eine Lungenentzündung erwartet, kann man das nicht so genau nehmen. Übrigens habe ich die Decken aus dem Schlitten hier.« Sie holte die Decken. Ottomar musste sich in das Bett legen, sich warm zudecken. »Sitzen Sie hier neben mir«, sagte Ottomar mit matter Stimme, »sprechen Sie, ach, wenn Sie wüssten, welche Wehmut mich bedrückt, diese Armeleuteluft, diese alte Dame nebenan, die auf das Sterben wartet, das alles ist nicht heiter für einen Kranken. Aber sprechen Sie, Ihre Stimme ist etwas Reines, Vornehmes, das gewohnt ist, in hübschen, hohen Zimmern zu wohnen, sie beruhigt und …«

»Ich weiß, ich weiß«, unterbrach ihn Isa ungeduldig, »das ist dieser bekannte Frieden, der von mir ausgeht, das ist bekannt.« – »Ja«, sagte Ottomar langsam und wie im Halbschlaf, »der Frieden, der so süß nach weißer Heliotrope von Pineaud duftet.«

Isa schwieg. Ihr war nicht zumute, als könne von ihr Frieden ausgehen. Jetzt, wo alles still war, wagte sich in ihr wieder eine seltsame schmerzliche Erregung hervor, das Gefühl einer Enttäuschung. Der Alltag war wieder da, und ein versprochener Festtag war nicht gekommen. Nebenan begann das jüngste der Kinder zu wimmern. »Wartet«, sagte Isa, »ich will euch alle in den Schlaf singen.« Und sie begann zu singen, eine eintönige Melodie, die den Raum mit einer schläfrigen Andacht füllte. Sie beruhigte Isa selbst, es wurde ganz still in ihr, sie brauchte nichts mehr zu hoffen und zu erwarten, und wenn sie die müden Augenlider schloss, sah sie immer wieder große Flocken, die langsam von einem grauen Himmel niederfielen und sich lautlos über ein schweigendes Land legten.

Ottomar hatte tief geschlafen. Er erwachte davon, dass eine kühle Hand sich ihm auf die Stirn legte. Isa stand vor ihm, ein wenig bleich, aber sie lächelte. »Die Krankheit ist nicht gekommen«, sagte sie, »jetzt müssen Sie aufstehen, unsere Leute haben uns gefunden, es wird hell, und wir können fahren.« Ottomar richtete sich auf, durch die Fenster kam ein fahles Morgengrauen, im Nebenzimmer saßen die bleichen Kinder wieder auf ihrer Bank, die alte Frau schaute geduldig wartend in den missmutig aufdämmernden Tag. »Wissen Sie, Isa«, sagte Ottomar, »hier zu leben muss traurig sein, aber hier aufzuwachen ist furchtbar. Wie ertragen das die Leute jeden Morgen?«

Als sie beide wohlverwahrt im Schlitten saßen, lag die Morgendämmerung blau über der verschneiten Welt. Ottomar seufzte tief auf. »Ach, wie ich mich freue, nach Hause zu kommen. Langsam fällt ein bedrückender Traum von mir ab. Sie, Isa, müssen mir auch verzeihen.«

»Was soll ich verzeihen?«, fragte Isa.

»Sie sollen mir verzeihen, dass ich eine andere Isa gesehen habe, an eine andere Isa gedacht habe, zu einer anderen Isa gesprochen habe. Jetzt begreife ich Sie, Sie sind gut, das ist Ihr Beruf, das ist Ihr Geheimnis. Die alte Dame dort, die auf den Tod wartet, hat ganz recht, Sie sind eine heilige Dame, das ist es.« Isa lächelte matt und schaute nachdenklich in das Morgenrot, das am Horizont ein welkes Rosa in das helle Grau der Schneewolken mischte. »Ja«, sagte sie langsam, »das wird es wohl sein. Nun wissen wir es beide. Eine heilige Dame, das ist also mein Beruf.«

Nachweis

Hiltrud Baier
Schlittenfahrt (Titel von der Herausgeberin). Auszug aus: Hiltrud Baier, *Die Farben des Winters.* Ein Oktopus Buch bei Kampa. Copyright © 2024 by Kampa Verlag AG, Zürich.

Iwan Bunin
Der Schneemann (Titel von der Herausgeberin). Aus dem Russischen von Dorothea Trottenberg. Aus: Iwan Bunin, *Gespräch in der Nacht. Erzählungen 1911.* Herausgegeben und mit eine Nachwort von Thomas Grob. Copyright © 2013 by Dörlemann Verlag AG, Zürich.

Arthur Conan Doyle
Ein Alpenpass auf Skiern. Aus dem Englischen von Anne Frey. Zuerst veröffentlicht unter dem Titel *An Alpine Pass on »Ski«* im *The Strand Magazine*, London im Dezember 1894. Copyright für die deutsche Übersetzung © 2025 by Kampa Verlag AG, Zürich.

Judith Hermann
Bali-Frau. Aus: Judith Hermann, *Sommerhaus, später. Erzählungen.* Copyright © 1998 by S. Fischer Verlag GmbH, Frankfurt am Main.

Eva Ibbotson
Sidi. Aus dem Englischen von Monika Curths. Aus: Eva Ibbotson, *Vicky und der Weihnachtsengel. Erzählungen.* Copyright © 2025 by Kampa Verlag AG, Zürich. Eine Neuausgabe der Erzählungen von Eva Ibbotson erscheint 2027 im Kampa Verlag. Von Eva Ibbotson sind im Kampa Verlag bereits die Romane *Was der Morgen bringt*, *Der Modesalon des Glücks* und *Ein Tanz für mich allein* erschienen, bei Atlantis ist ihr Jugendroman *Annika und der Stern von Kazan* erschienen. Weitere Romane sind in Vorbereitung.

Eduard von Keyserling
Winterwege. Zuerst erschienen in *Neue Freie Presse*, 1908. Auch enthalten in der schönen Werkausgabe, die 2018 in drei Bänden im Manesse Verlag, München erschienen ist.

Laurie Lee
Winter (Titel von der Herausgeberin). Aus dem Englischen von Pociao und Walter Hartmann. Auszug aus: Laurie Lee, *Cider mit Rosie.* Der Roman erscheint im Frühjahr 2026 in einer schönen Neuausgabe im Dörlemann Verlag. Copyright © 2024 by Dörlemann Verlag AG, Zürich.

Annemarie Schwarzenbach
Flucht nach oben. Auszug aus: Annemarie Schwarzenbach, *Flucht nach oben.* Lenos Verlag, Basel 1999. Von Annemarie Schwarzenbach ist als Kampa Pocket der Roman *Das glückliche Tal* erschienen.

Dylan Thomas
Eine Kindes Weihnacht in Wales. Aus dem Englischen von Manfred Allié. Dylan Thomas las *A Child's Christmas in Wales* 1952 für die *BBC* ein. Copyright für die Übersetzung © 2025 by Dörlemann Verlag AG, Zürich.

Lew Tolstoi
Der Schneesturm. Aus dem Russischen von Alexander Eliasberg. Aus: Leo Tolstoi, *Der Schneesturm. Erzählungen.* Hoffmann und Campe Verlag, Hamburg 2010.

Anton Tschechow
Kleiner Scherz. Aus dem Russischen von Alexander Eliasberg. Aus: Anton Tschechow, *Von der Liebe. Novellen.* Gustav Kiepenheuer Verlag, Weimar 1917.

J. V. Widmann
Gletschertour mit Hund (Titel von der Herausgeberin). Aus: *Hundeglück. Beste Freunde für immer.* Herausgegeben von Aleksia Sidney. Ein Oktopus Buch bei Kampa, Zürich 2024.

Wenn Ihnen dieses KAMPA POCKET
gefallen hat, gefällt Ihnen vielleicht auch der
Lesetipp auf der gegenüberliegenden Seite.

Schicken Sie uns bitte Ihren LIEBLINGSSATZ
aus einem Kampa Pocket, bei einer Veröffentlichung auf unseren Social-Media-Kanälen
bedanken wir uns mit einem Buchgeschenk:
lieblingssatz@kampaverlag.ch